현자의 손자 8
유희연락의 영웅 탄생제

시실리 폰 클로드
"아, 예. ……덕분에요."
완전히 취한 예카테리나 씨는 조금 전부터
이상하게 술주정이 심했다.
"좋아! 정했어! 신 군!
너, 오늘부터 날 엄마라고 부르렴!"
"예에?! 말도 안 되는 소리하지 마세요!
대체 무슨 생각을 하시는 거예요?!"
"왜애~? 스승님의 손자라면
내 아들이 되도 상관없잖아~?"
예카테리나 씨가 갑자기 엉뚱한 소리를 해서
내가 당황하는 사이에 이번에는 시실리가 표적이 되었다.
"으음…… 그럼 시실리 양!"
"아, 예!"
교황이 지목해서 부르자 시실리는 반사적으로 차렷 자세를 취했다.

"신 구운! 파티는 잘 즐기고 있니이~?"
예카테리나 폰 프로이센

유리 칼튼
"이거 괜찮네."
린 휴즈

멜리다 보웬
"할아버지, 할머니.
고마워. ……진심으로 기뻐
멀린 월포드
신 월포드

"할아버님, 할머님.
정말 감사합니다……."

유희연락의 영웅 탄생제

현자의 손자 8

요시오카 츠요시 지음
키쿠치 세이지 일러스트
최승원 옮김

현자의 손자

Contents

8

서장

알스하이드 왕국, 스이드 왕국, 담 왕국, 카난 왕국, 크루트 왕국 같은 구 제국령과 국경을 맞댄 나라들뿐만 아니라 엘스 자유 상업 연합국, 이스 신성국 같은 대국들도 참가한 『마인령 공략 작전』이 실행되었다.

연합을 결성한 각국은 마인령이라 불리게 된 구 제국령으로 쳐들어가 전례가 없을 정도로 불어난 마물들을 토벌했고, 마침내 마인들의 아지트까지 밝혀냈다.

그곳은 놀랍게도 구 제도(帝都)가 아니라 마인들이 멸망시킨 수많은 도시 중 하나였다.

당초에는 구 제도가 마인의 본거지일 것이라 예상했지만, 수많은 마인들이 집결한 모습을 본 연합국군은 이 도시를 습격해서 마인들을 섬멸하기로 결단했다. 각 방면군에 흩어져 있는 얼티밋 매지션즈의 멤버들이 전부 모인 다음에 작전을 실행하기로 결정하고 준비에 들어갔지만, 안타깝게도 그것은 담 왕국군 내부에 존재했던 얼티밋 매지션즈 반대파들을 자극하는 결과가 되고 말았다.

작전을 무시한 채 독단으로 마인들을 습격했다가 실패한

그들은, 결국 마인들에게 아지트를 노리는 연합국군의 존재를 노출시키고 말았다.

이래선 마인들이 겁을 먹고 도주할지도 모른다고 우려한 신 일행은 서둘러 움직였지만, 어찌된 이유에선지 마인들은 도망은커녕 도리어 공격을 시작했고 덕분에 큰 어려움 없이 전멸시킬 수 있었다.

그 과정에서 마인의 수괴 올리버 슈투름이 이곳에 있지 않은 이유가 밝혀졌으며 작전은 그 시점에서 종료될 예정이었지만, 공교롭게도 신 일행이 도착하기 전에 일부 마인이 도주했다는 사실이 밝혀졌다.

심지어 그 마인들은 하필이면 알스하이드 왕국 방면으로 도주 중이었다. 신 일행은 황급히 그 뒤를 쫓았지만, 연락 부족에 의한 정보 부족으로 도중에 종적을 놓치는 바람에 결국 추적은 실패.

그렇게 알스하이드 왕국은 사상 최대의 위기를 맞이했지만, 때마침 등장한 『현자』 멀린 월포드와 『도사』 멜리다 보웬의 활약으로 아슬아슬하게 위기를 벗어나게 되었다.

하지만 그 과정에서 큰 실수를 연발해 멜리다에게 호된 질책을 받게 된 신 일행은 마인 섬멸이라는 위업을 달성했음에도 의기소침한 얼굴로 왕도에 귀국했다.

제1장 정보는 조작할 수 있기 마련

우리는 이번 작전에 참가한 고등 마법학원, 기사 양성 사관학원의 학생들과 함께 전장을 이탈하게 되었다.

하지만 도보로 귀국하는 그들과 달리, 우리는 게이트 마법을 써서 왕성에 돌아갔다.

학생들은 알스하이드군의 일부가 같이 움직일 예정이니 먼저 가서 디스 아저씨에게 보고해달라는 도미니크 씨의 부탁이 있었기 때문이다.

마지막 순간에 큰 실수를 저지른 우리는 혹시 도착하자마자 차가운 시선을 받게 되는 게 아닐까 전전긍긍했다.

하지만 평소처럼 경비소로 이동한 우리를 맞이한 병사들은 예상과 달리 우리의 공적을 칭송하며 크게 환영해주었다.

그런 예상 밖의 사태에 당황하고 있자 한 병사가 어떤 정보를 알려주었다.

현재 알스하이드 국민들은 정말 오랜만에 전장에 모습을 드러냈음에도 전과 변함없는 활약을 펼친 할아버지와 할머니의 소식으로 매우 들떠있다는 것이었다.

하지만 그건 까놓고 말해 우리가 마인을 놓쳐서 이 나라를 위기에 빠트렸다는 사실이 세간에 전부 알려졌다는 것이나 다름없었기에 그 소식을 들은 순간부터 식은땀이 멎질 않았다.

"……이거 큰일 난 거 아냐?"

"그, 그렇군. 아무래도 백성들은 우리가 마인들을 놓쳤다는 걸 벌써 전부 알고 있는 모양이니……."

"도사님께선 세간에서 이걸 크게 문제 삼을지도 모른다고 하셨잖아? 어쩌지? 우리 이러다 문책당하는 거 아냐?"

앨리스의 걱정은 지당했다.

모처럼 마인을 토벌했는데 문책을 받다니…….

확실히 따지고 보면 우리 잘못이긴 한데 말이지.

아무튼 일단 왕성에 있는 디스 아저씨에게 보고부터 하자.

아마 거기서도 크게 혼이 나겠지…….

우리는 우울한 기분으로 안내를 맡은 병사를 따라갔다.

알스하이드에 오기 전에 미리 보고하러 갈 거라고 연락한 덕분에 알현실까진 프리패스였다.

아직 전투복도 안 갈아입었는데…… 괜찮은 건가?

한순간 그런 의문이 들었지만, 그러는 사이에 벌써 알현실에 도착하고 말았다.

그리고 커다란 문이 열리고 안으로 들어간 순간.

성대한 박수가 우리를 환영했다.

"잘 돌아왔다! 세계를 구한 영웅들이여!"

옥좌에서 일어난 디스 아저씨가 손짓하며 불러서 우리는 그대로 다가갔다.

그러는 사이에도 박수는 멈추지 않았다.

(이, 이게 어떻게 된 거야?)

(나도 모르겠어. 혹시 우리가 마인을 놓친 건 별로 문제시 되지 않는 건가?)

크게 혼이 날 줄 알았는데 돌아온 건 열렬한 환영이었다.

난 약간 혼란을 느끼며 작은 목소리로 오그와 대화를 나눴지만, 이 반응으로 봐선 적어도 문책당할 일은 없을 것 같았다.

제길, 할머니도 참. 괜히 겁주고 있어.

물론 입 밖으로 꺼낼 수는 없으니 속으로만 그렇게 외쳤다.

그리고 옥좌에 다가가 무릎을 꿇자, 디스 아저씨가 바로 입을 열었다.

"아우구스트, 신 월포드, 그리고 다른 멤버들도 참 잘해주었다. 인류를 노리는 마인들을 모조리 섬멸한 것은 비길 데 없는 큰 공적이니라. 다시 한 번 찬사를 보내마."

"예, 감사합니다. 폐하. 하오나 저희는 마지막 순간에 판단을 그르쳤고, 그 결과 하마터면 왕국민들을 위기에 몰아넣을 뻔했습니다. 그러니 과한 칭찬은 거두어주십시오."

디스 아저씨가 우리의 공적을 칭찬하자, 오그는 진실을 밝히며 겸양했다. 물론 나도 같은 생각이었다.

반성할 점밖에 없었던 데뷔전이라 솔직히 엄청 우울하다.

"신경 쓰지 마라. 너희가 놓친 마물들은 현자님과 도사님께서 토벌하셨고 결과적으로 백성들은 과거의 영웅이 건재하다는 사실을 알게 돼서 몹시 기뻐하고 있지. 그래서 아무도 그대들을 책망하고 있지 않느니라."

어? 다들 화나지 않았다고?

그렇게 생각하며 주위를 둘러보자 다들 웃는 얼굴이었다. 우리를 불만스럽게 쳐다보는 사람은 단 한 명도 없었다.

마지막에 마인을 해치운 게 할아버지와 할머니라 다들 그 사실에만 집중해서 우리의 실수 같은 건 안중에도 없다는 건가?

덕분에 한숨 돌리긴 했지만…… 그렇다고 반성하지 않을 수는 없었다.

우리가 실수를 저지른 건 사실이고, 이건 우연히 결과가 좋았던 것뿐이니까.

그러니 이번 실패를 절대로 잊지 말고 명심해두자.

우리가 아직 배워야 할 게 굉장히 많다는 것을…….

"그건 그렇고 포상으로 훈장은 더 수여할 만한 게 없으니 잠시 기다려주었으면 한다만……."

"폐하. 이번에 저희는 군사행동의 일환으로 참가한 것뿐입니다. 그러니 만약 포상을 내리시겠다면 평등하게 다른 이들에게도 내려주셨으면 합니다. 저희만 특별 취급을 받아선 안 됩니다."

디스 아저씨가 제안했지만, 오그가 거부했다.

솔직히 우리가 제대로 싸운 건 마인전뿐이었으니 말이다.

그런데도 훈장이나 포상을 받으면 솔직히 기분이 좀 찜찜하다.

가장 큰 공적을 세운 건 지금도 마인령에서 마인들을 토벌하고 있는 군인들이라고 봐야하지 않을까.

"그런가. 알았다. 군이 돌아오는 즉시 모든 병사들에게 보상금을 내리도록 하마. 그리고 물론 교대로 휴가도. 아무튼 다들 그만 가슴을 펴라! 누가 뭐래도 그대들은 세계를 구한 영웅들이니 말이다!"

그 말에 반응한 주위에서 다시 박수를 보내기 시작했다.

왠지 가슴이 좀 답답했지만, 아무튼 보고는 그것으로 끝났다.

알현실을 나와 오그의 방에 모인 우리는 디스 아저씨의 말이 정말 사실일지 의견을 나누었다.

"아바마마께서 그런 자리에서 거짓말을 하실 이유는 없겠지. 참석했던 문관, 무관, 귀족들도 찬사를 보냈으니 백성들도 아마 같은 반응일 거다."

"하지만 디스 아저씨가 우리를 안심시키려고 한 말일지도 모르잖아."

"그건 아닐 거다."

오그는 단언했다.

"오히려 자세한 사정을 알고 있는 건 알현실에 있던 자들일 터. 그런데도 우리를 책망하는 사람은 아무도 없었으니 괜찮겠지."

그런가. 하긴, 이런 정보는 일반 백성보다는 높은 사람들이 더 잘 알고 있겠지.

그렇다면 세간에는 사실과 약간 차이가 있는 정보를 유포한 걸지도 모르겠다.

그래도 내 눈으로 직접 봐야 믿을 수 있을 것 같아서 난 직접 사람들의 분위기를 확인해보기로 했다.

투명 마법을 쓰면 서로의 모습이 보이지 않아서 우왕좌왕할 테니 나 혼자서.

그렇게 거리로 나오자 사람들은 모두 할아버지와 할머니가 마인과 싸운 이야기와 우리가 마인 집단을 전멸시켰다는 이야기로 열을 올리고 있었다.

뿐만 아니라 여러 가게에는 『얼티밋 매지션즈 마인 토벌 기념 세일』이라고 적힌 현수막도 걸려 있었고, 월포드 상회는 내가 오너라 그런지 한층 더 성황 중이었다.

특히 익스체인지 소드와 제트 부츠가 불티나게 잘 팔리고 있었다.

통신기 덕분에 매일 작전 상황이 보도돼서 이 두 상품의 효용성이 완벽히 입증되었기 때문이리라.

아무튼 익스체인지 소드는 그렇다 쳐도 제트 부츠가 보급되는 건 바람직한 현상이었다.

이 소동이 완전히 종식된 후에는 모두에게 이걸 이용한 오락도 제공할 수 있을 테니 말이다.

그리고 우리 집 상황도 잠시 확인하러 갔지만…… 결국 접근조차 할 수 없었다.

집 앞에 사람들이 잔뜩 몰려와서 비집고 들어갈 틈도 없었기 때문이다.

솔직히 이웃들에게 큰 폐를 끼쳤다는 생각이 먼저 들더라.

경비대원들도 더 이상 사람들이 가까이 오지 못하도록 제한까지 하고 있었다.

멀리서 알렉스 씨를 비롯한 경비 담당자들이 필사적으로 대응하는 모습이 보였다.

미안, 당분간 힘내!

그 후에도 마크와 올리비아의 친가에서 경영하는 가게를 확인하면서 거리를 돌아다녔지만, 우리의 실수를 욕하는 이야기는 한 번도 들리지 않았다.

욕은커녕 찬사와 칭송뿐이었다.

세간에 알려진 소문을 간단히 정리해보면, 우리가 마인을 놓친 게 아니라 모종의 방법으로 습격을 사전에 알아차리고 도망친 마인들의 존재를 느낀 할아버지와 할머니가 직접 나서서 상황을 정리했다는 식이었다.

그리고 마인의 존재를 느낄 수 있었던 건 현자님이니 그 정도쯤은 당연하다는 식으로 다들 납득하고 있었다.

영웅 신앙이 지나치게 왜곡된 결과인지 할아버지라면 뭐든지 가능할 거라는 식으로.

반대로 독단 행동으로 작전을 망친 자들이 있었다는 것과 우리의 실수는 세간에 전혀 알려지지 않았다.

대중의 불안을 불식시키기 위해 일부러 그런 식으로 정보를 전달한 게 아닐까 싶었다.

아마 앞으로도 왕국민들은 이렇게 거짓은 아니지만, 진실도 아닌 소식을 전해 듣게 되리라.

결과는 동일하지만, 과정이 다르니 받아들이는 인상도 완전히 다를 수밖에 없는 소식을.

이게 바로 정보 조작이라는 건가…….

거리에서 정보 수집을 마친 나는 사람 없는 뒷골목에서 게이트를 열고 오그의 방으로 돌아왔다.

"아! 신 오빠! 어서 오세요!"

그러자 메이가 열렬한 몸통박치기로 날 환영해주었다.

"커헉! 오, 오랜만이네…… 메이."

"예!"

메이는 활짝 웃으며 인사했다.

하지만 난 오빠로서 약한 모습을 보일 수는 없었다.

설령 메이의 마법 실력이 일취월장한 덕분에 훨씬 강력해진 몸통박치기를 당했다고 해도!

"오랜만이에요, 신 씨."

"아, 응. 오랜만이야, 에리."

오그의 약혼자인 에리도 와 있었다. 나는 메이를 안은 채 다리를 후들거리며 인사했다.

"어때? 괜찮았지?"

"응. 괜찮기는 했지만……."

"음? 혹시 무슨 문제라도 있었나?"

오그가 묻자 난 내가 거리에서 보고 들은 것을 전부 밝혔다.

그러자 다들 점점 안색이 나빠지기 시작했다.

"그, 그 정도야?"

"그럼 이젠 진짜 밖에 돌아다니지도 못하잖아!"

마리아와 앨리스가 모두의 심정을 대변했다.

전부터 그런 낌새를 보이긴 했지만, 이번 일이 완전히 결정타가 되고 말았다.

걱정했던 반응과는 달랐지만, 아무래도 이젠 마음 편히 밖을 걸어 다닐 수도 없으리라.

"정보 조작이라는 건 무섭군. ……솔직히 욕먹을 걸 각오하고 있었는데 영웅 대우를 받고 있었을 줄이야."

"가, 가게는요? 저희 가게는 어떤지 보셨어요?"

"돌가마? 사람들이 엄청나게 줄 서 있던데. 그리고 다들 올리비아가 없다는 걸 알고 실망한 얼굴로 돌아가더라. 귀국하자마자 바로 가게에 나올 리도 없는데 말야. 가게에서 나온 손님들은 헛고생만 한 게 분했는지 뒤에서 줄을 선 다른 손님들에게 알려주지 않아서 피해자들을 양산하고 있는 느낌이었어."

"그럼…… 역시 제가 가게에 나가봐야 할까요?"

"흐음…… 그야 뭐 네가 거기서 일하고 있다는 건 이미 다 소문이 퍼졌으니……."

주소가 공개된 건 올리비아와 나 정도라 그만큼 사람이 많이 몰려든 게 아닐까.

근처에 있는 빈 공방은 평소보다 손님이 많은 편이긴 해도 그에 비할 바는 아니었으니 말이다.

"힘내! 올리비아!"

"후훗, 힘내~ 올리비아."

"남 일이라고 속편하게 말하지 말아요! 앨리스 양! 유리 양!"

이러다 올리비아가 계속 모습을 보이지 않으면 손님들이 오히려 항의할지도 모르니 차라리 이젠 가게에 나오지 않을 거라고 공지라도 하는 게 낫지 않을까 싶었다.

"게이트 마법을 익혀두길 잘했군. 설마 소동이 이렇게까지 커질 줄은……."

오그가 조용하게 혼잣말을 하자 에리도 진지한 얼굴로 중얼거렸다.

"그럼…… 저만 붕 떠 있을지도 모르겠네요."

그리고 뭔가 걱정이 있는 얼굴로 한숨을 내쉬었다.

"그게 무슨 소리야? 에리."

에리가 뭐?

"결혼식 말예요. 마인 소동도 끝났으니 이제 곧 할 거잖아요?"

확실히 그런 이야기를 듣긴 했지만, 에카테리나 교황에게도 직접 인사를 했으니 딱히 문제는 없을 것 같은데…….

"그치만 신랑신부 중 얼티밋 매지션즈 멤버가 아닌 건 저뿐인걸요."

"뭐야. 그거였어?"

"이익! 아무렇지 않게 말씀하시지 마세요! 여러분은 국가의…… 아니, 세계의 영웅인걸요. 그런데 저만……."

아? 그런 걸 신경 쓰고 있었던 거야? 아니, 다들 왕태자비가 될 사람에게 그런 영웅적인 요소는 기대하지 않을 것 같은데…….

"에리 양. 너무 신경 쓰지 마세요. 에리 양은 누구나 부러워하는 왕자님의 신부가 될 공작가의 영애인걸요. 그것만으로도 충분히 특별한 존재예요."

"그, 그럴까요?"

시실리의 설득에 에리는 약간 불안이 해소된 표정을 지었다.

나 때도 그랬지만, 시실리가 하는 말에는 왠지 모를 설득력이 있었다.

"그럼요. 그러니 당당하게 같이 식을 올리죠."

"시실리 양…… 예, 알겠어요. 감사합니다."

아, 결국 설득됐다.

그건 그렇고 잘 생각해보니 에리는 왕태자비였지.

장래에는 왕비님이다.

지금도 공작 영애인데 그런 사람이 특별하지 않을 리가 없잖아?

시대가 달랐으면 그녀를 동경해서 결혼붐이 일어났어도 이상하지 않을 유명인인데 대체 뭘 걱정하는 건지 모르겠다.

두 사람은 그렇게 드레스와 교황에 관한 이야기를 나누며 결혼식에 대한 기대감을 드러내고 있었다.

"참 나, 설마 그런 걸 걱정하고 있었을 줄이야."

"나도 깜짝 놀랐어. 애초에 그런 고민을 할 만한 입장이 아니잖아?"

"그야 우린…… 지나치게 특수한 입장이니."

"왠지 알 것 같긴 해."

자신의 약혼자가 예상치도 못했던 고민을 품고 있었다는 것을 알게 된 오그는 시실리와 결혼식에 관한 이야기를 바라보며 그렇게 푸념했고, 나도 쓴웃음밖에 나오지 않았다.

그건 그렇고 이 나라에 왔을 당시에는 상황이 이렇게 될 줄 전혀 상상조차 못 했다.

산속에서 자란 난 세간의 일반 상식을 배우고 친구를 만들기 위해 왕도로 왔을 터.

그야 지금은 친구도 잔뜩 만들고 여친도 생기긴 했지만…….

"설마 날 영웅으로 추대할 줄은 상상도 못 했어."

"그래? 넌 영웅의 손자니까 사소한 계기만 있어도 금방 이렇게 됐을걸?"

오그가 내 혼잣말에 반응했지만, 난 납득할 수 없었다.

"난 할아버지랑 할머니가 이런 대우를 받고 있는 줄 전혀 몰랐다고."

"그런 건가."

"뭐, 그래도 왕도에 온 목적은 거의 달성했네. 친구도 생기고 여친도 생기고, 일반 상식도 어느 정도 갖췄으니까."

"뭐?"

"예?"

응? 반응이 왜 이래?

"설마 신 님은…… 본인이 상식이 있다고 생각하시는 건 아니겠죠?"

토르는 그야말로 어처구니가 없다는 표정이었다.

어?

"통신기 같은 비상식적인 마도구를 개발하고, 약간 정체한 감이 있었던 마법사와 기사들의 실력을 대폭 향상시키고, 마석의 수수께끼를 해병하고, 세계 전체의 전투력까지 끌어올린 신 님께서 상식이 있다? 농담도 정도껏 하십시오."

"동감이야. 이렇게까지 놀란 건 처음이군. 너무 사람 놀라게 하지 마라, 신."

"너무해!"

오그도 진심으로 놀랐다는 표정이었다.

이럴 수가. 설마 아직도 날 그렇게 생각하고 있었다니.

요즘엔 그래도 꽤 자중한 편이었는데 말이지.

"그보다 신. 너, 또 뭘 만들려고 하는 건 아니겠지?"

"응? 으음……."

"있는 거냐……."

모처럼 내 가게가 생기고 빈 공방이 전속으로 붙었으니 만들고 싶은 건 이것저것 많았지만, 마인 소동 때문에 그쪽에 집중할 겨를이 없었다.

"결혼식을 하는 건 꽤 시간이 걸릴지도 모르잖아? 그래서 당분간 마도구나 개발해볼까 했어."

"……부탁이니까 제발 자중 좀 해. 우리나라의 경제를 박살내지도 말고."

"너무하네. 그렇게 따지면 당장 만들 수 있는 게 없잖아."

"그 문제만 해결하면 만들 생각인 거냐……."

"응."

"응은 무슨! 역시 아직도 일반 상식이 전혀 없잖아!"

아, 역시 그런가?

하지만 생활이 편리해질지도 모르는 마도구의 개발은 꼭 하고 싶었다.

모두의 감사와 존경을 받는 할머니의 모습이 무척 멋져보였기 때문이다.

아무튼 결혼식이 미뤄진 건 우리의 결혼식을 주관하는 게 한 나라의 국가 원수인 예카테리나 교황이기 때문이다.

작전은 지금도 속행 중인 상황.

당장은 마물들을 토벌하다가 제도 근처까지 진을 설치하면 일단 거기서 종료 선언을 할 예정이라고 한다.

그런데 이런 상황에서 국가 원수가 결혼식을 주관할 수는 없으니 우리의 결혼식도 따라서 미뤄진 셈이다.

과연 언제쯤 가능할까? 우리가 진급할 때쯤이면 끝나려나?

내가 그렇게 앞으로의 일정을 예상하고 있자, 오그가 갑자기 말을 걸어왔다.

“그러고 보니 이제 곧 연말이군.”

“그러게.”

“이제 곧 아니야?”

“뭐가?”

“네 생일.”

“응? 아아…….”

그러고 보니 마인령 공략 작전 때문에 머리가 복잡해서 완전히 까먹고 있었다.

이제 곧 겨울이 올 테니 벌써 그런 시기인가.

"그러고 보니 너희 생일은 언제야?"

완전히 까맣게 잊고 있었지만, 입태자 의식일과 같은 날인 오그의 생일 말고는 아는 게 없었다.

"나도 연말이야."

"저도요. 마리아는 저랑 생일도 가깝답니다."

마리아와 시실리는 이제 곧이군.

"난 지났어! 봄이야!"

"나도 봄에 태어났어."

와, 깜짝이야, 설마 앨리스와 린이 연상이었을 줄은 몰랐다.

"뭐? 진짜?"

"흐흥! 실은 내가 더 누나였다구!"

"앞으로 누나말 잘 들으렴."

누, 누나? 동생이라면 모를까…….

"으음?! 신 군, 지금 실례되는 생각하지 않았어?!"

"어? 아, 아니 그렇지는……."

앨리스와 린이 게슴츠레한 눈으로 이쪽을 빤히 쳐다보았다.

"아, 아하하……."

내가 웃으면서 얼버무리려고 하자 마침 토르가 지원사격을 해주었다.

"저도 지났습니다. 여름방학 기간이었어요."

"소인도 지났소이다. 소인은 여름방학 전이었소."

토르와 율리우스는 이미 지나간 모양이다.

"난 연초야."

"나도~."

"아, 저도요."

"전 이제 곧입니다."

토니와 유리와 올리비아는 연초고 마크는 이제 곧.

"전 봄이었어요!"

"전 여름방학이 끝나자마자였어요."

메이는 봄이고 에리는 여름방학이 끝나자마자.

"그러고 보니 생일 파티를 한 번도 안 열었네."

솔직히 몰랐으니 어쩔 수 없었다.

"올해는 어쩔 수 없어. 마인 출현, 전쟁, 마인 집단의 침공 같은 문제가 연이어서 터지는 바람에 다들 경사스러운 일이 있어도 자숙하고 가족끼리만 축하하는 분위기였으니까. 평민뿐만 아니라 귀족까지도."

그런가. 그럼 어쩔 수 없겠네.

응? 그런데 내 피로연은 성대하게 열지 않았나?

"그러고 보니 신 군의 생일은 언제인가요?"

"응? 아…… 연말 20일이 내 생일인 걸로 되어 있어."

"예?! 20일이요?!"

"그게 정말이야?! 신!"

시실리와 마리아가 엄청 놀랐다.

"그럼…… 시실리랑 같은 날이야."

"뭐? 정말?!"

"예. 정말로요."

와 세상에! 진짜 깜짝 놀랐다! 아, 하지만…….

"진짜 생일은 몰라. 할아버지가 날 발견한 날이 그날이라 그렇게 정했을 뿐이라……."

"아…… 그랬었지."

다들 내 출생의 비밀을 알고 있다 보니 분위기가 좀 침울해졌지만, 시실리가 환기하듯 화제를 바꾸려고 했다.

"하, 하지만! 마침 제가 태어난 날에 할아버님께서 목숨을 구해주셨더니, 역시 굉장해요! 이건 운명이에요!"

확실히 그럴지도 모르겠다.

내가 할아버지 덕분에 목숨을 건진 날이 시실리가 태어난 날이라고 하니 왠지 모를 운명이 느껴졌다.

실제로 발견 당시의 내 나이가 딱 한 살 정도라 그날을 생일로 삼은 거기도 했고.

"이건 결정된 거나 다름없군."

"뭐가?"

내가 감회에 젖어있자 오그가 갑자기 그런 말을 꺼냈다.

"올해의 네 생일 파티는 클로드와 메시나도 껴서 합동으로 성대하게 열어보는 거야."

뭐? 합동?

"전하! 그거 좋은 아이디어네요!"

"꼭 그렇게 하죠! 분명 즐거울 거예요!"

마리아와 시실리는 바로 찬성했다.

아니, 오히려 기뻐 보였다.

나도 사랑하는 약혼자와, 그 약혼자의 소꿉친구이자 내 소중한 동료와 같이 생일 파티를 여는 건 전혀 거부감이 없었고 오히려 즐거울 것 같았다.

하지만 왜 갑자기 성대한 생일 파티를 열려는 건지 모르겠어서 오그에게 물어보았다.

"조금 전에도 말했잖아? 지금까진 전시 중이라 다들 자숙하고 있었다고."

"그것 말인데, 따지고 보면 난 피로연도 꽤 성대하게 열지 않았어?"

"넌 그때 마인을 토벌한 영웅이었잖아. 네 경사는 크게 축하할수록 국민들의 불안도 낮아지는 효과가 있었다고. 실제로 요즘 세간에서는 결혼식은 가족끼리만 조촐하게 열고, 너처럼 성대한 피로연을 여는 경우는 전혀 없었어."

"어, 진짜?"

처음 알았다.

"그러니 이건 네 피로연 이후로 처음 있는 성대한 파티야. 그만큼 화려하게 열어보자고."

""""예!""""

다들 빠릿빠릿하게 대답했지만, 그러고 보면 생일이 머지 않은 사람은 한 명 더 있었다.

"야, 잠깐만. 마크는? 너도 이제 곧이라며?"

"아닙다, 월포드 군! 전 얼티밋 매지션즈 멤버가 된 것만으로도 충분히 만족하니까요. 제 생일 파티는 가족끼리 조촐하게 열 테니까 제발 좀 참아주십쇼!"

한 명만 따돌리는 것도 좀 그러니 마크도 끼워줄 생각이었지만, 본인은 울면서 단호히 거부했다.

왜 저렇게까지 싫어하는 거지?

그러자 뜻밖에도 토르가 그 이유를 지적했다.

"올리비아 양과 단둘이서 꽁냥댈 수 없어서 그런 거죠?"

"뭐야, 마크. 그런 거였어?"

"예?! 아, 아니 그게……."

토르와 마리아의 협공에 마크가 횡설수설하기 시작했다.

정곡이었냐!

"의외로 밝히는 편이었네, 마크."

"아니! 그런 게 아니라! 얼티밋 매지션즈의 명의로 열면 어마어마한 분들이 오실 것 같아서……."

마크는 황급히 이유를 밝혔다.

어마어마한 분? ……아, 디스 아저씨 말인가.

그야 사양하고 싶어질 만도 하다.

오그도 그 이유에 납득했는지 이번 생일 파티는 나와 시실리와 마리아 셋만 합동으로 열기로 했다. 그리고 이어서 구체적인 계획을 세우기 시작했다.

"파티는 어디서 열지? 신네 집이면 되나?"

"괜찮지 않을까? 아마 디스 아저씨도 오겠지? 우리 집 사용인들은 익숙하니까 그게 가장 나을 거야."

"좋아. 그럼 신네 집으로 가자. 사정을 알리고 준비를 진행해야 할 테니까."

왠지 모르겠지만, 오그가 굉장히 밝고 의욕적인 모습을 보였다.

평소에는 보기 드문 모습이라 마치 뭔가를 떨쳐내려고 애쓰는 것처럼 보이기까지 했다.

아무래도 작전 마지막에 냉정함을 잃고 판단 실수를 연발했던 것을 가슴에 깊이 담아둔 모양이다.

결과적으로 실패는 불문에 부치고 우리는 반대로 영웅 대우를 받았지만, 오그에게는 그게 더 자극이 된 게 아닐까.

아마 이 모든 상황을 받아들인 상태에서 감정이 매몰되지 않도록 억지로 저렇게 밝게 행동하는 게 아닐까 싶었다.

거기까지 생각이 도달하자 나도 모르게 오그를 뜨뜻미지근한 시선으로 바라본 순간.

"아앗! 신 씨가 또 아우구스트 님을 사랑스러운 눈으로 바라보고 있어?! 제가 잠시 눈을 뗀 사이에!"

"넌 슬슬 그 망상 좀 집어치우면 안 될까?!"

대체 언제까지 그걸 갖고 질질 끌 거야?!

"농담이에요. 그 정도쯤은 저도 알고 있었답니다."

뭐라고……? 그럼 지금까지 전부 일부러 그랬다는 거지?!

"그럼 제발 그만 좀 해……. 그 화제를 언급할 때마다 정신이 팍팍 깎여나가는 기분이라고……."

"어머, 아쉽네요. 좀 더 골려드리려고 했는데."

"오그 흉내도 좀 내지 말고! 대체 뭐야?! 그 남편이 하는 일을 존중한다는 듯한 태도는!"

"아내가 될 여자로서의 당연한 소양이랍니다."

"예? 저는 신 군 같은 규격 외가 되는 건 무리인데요……."

"시실리는 또 뭘 걱정하는 건데?!"

시실리까지 전염됐잖아!

"풋! 큭, 크크크. 아하하하하하!"

에리와 시실리를 상대하고 있자 갑자기 오그가 웃음을 터트렸다.

아니, 웃지 말고 에리나 좀 말려봐.

"……다행이다. 이제야 겨우 평범하게 웃어 주시네요."

"엥?"

하지만 에리는 갑자기 나만 들릴 법한 작은 목소리로 그렇게 중얼거렸다.

"아우구스트 님께선 전장에서 돌아온 뒤로는 줄곧 평정을 가장하고 계셨거든요. 그렇게 무리하시는 모습을 보고 있는 게 괴로워서……."

그런 거였나. 하긴, 내가 알아챌 정도니 소꿉친구이자 약혼자인 에리가 눈치채지 못할 리가 없었다.

"그래도 이제야 겨우 평범하게 웃으시네요. 안심했어요."

에리는 많이 걱정했는지 진심으로 기쁜 얼굴로 웃고 있었다.

"후우…… 왠지 오랜만에 제대로 웃은 것 같은 기분이 드는군. 에리, 내가 허락하마. 앞으로도 신을 놀려줘."

"그런 허가 내지 마! 아니, 그런 허가가 세상천지에 대체 어디 있는데! 난 금시초문이거든?!"

날 놀려도 되는 허가라는 게 대체 뭐야?!

"예! 그럴게요!"

"에리도 승낙하지 말고!"

이젠 싫어! 이 커플!

제2장 과거의 마인

오그의 제안으로 합동 생일 파티는 우리 집에서 열게 되었다.

그래서 사용인들에게 그 사실을 전하고 준비를 시작하기 위해 다 같이 우리 집으로 게이트를 통해 이동했다.

"어서 오려무나, 신. 생각보다 일찍 왔는걸."

"뭐니? 다들 줄줄이."

"다녀왔어. 할아버지, 할머니."

집에 도착하자 거실에 있던 할아버지와 할머니가 우리를 맞이했다.

"그래, 어서 오렴. 그건 그렇고 전하. 우리 집 앞 좀 어떻게 안 되겠니? 이래선 사용인들이 밖에 나가지도 못하겠어."

할머니가 그렇게 말하고 창밖을 쳐다보자, 내가 아까 본 광경이 있었다.

집 앞에 사람들이 벌떼처럼 모여들어서 집 밖으로 나갈 수도 없는 상황이었다.

기본적으로 사용인들은 뒷문을 이용하지만, 아무래도 그 쪽도 빈틈없이 막힌 모양이었다.

"알겠습니다. 조속히 대처하지요."

"나중에 해도 되니까 부탁할게. 그건 그렇고 오늘은 또 무슨 일이지?"

할머니는 왕태자인 오그에게 일을 시키는, 사정을 모르는 사람이 봤다면 질겁할 만한 행동을 아무렇지 않게 한 후 우리가 다 같이 방문한 용건을 물었다.

"다음 달에 내 생일이 있잖아?"

"아, 그랬었지."

"그런데 시실리의 생일이 마침 나랑 똑같은 날이더라고. 그리고 마리아도 비슷한 날짜라 이왕 하는 김에 합동으로 열자고 해서."

"호오, 그랬었니?"

할머니는 놀란 얼굴로 나와 시실리를 번갈아 보았다.

"내 생일이라면 아마 디스 아저씨랑 미셸 씨랑 톰 아저씨도 오겠지? 그럼 차라리 우리 집에서 하는 편이 나을 것 같고 준비하는 데도 시간이 걸릴 것 같아서 다 같이 부탁하러 온 거야."

"우린 딱히 상관없다만, 너희는 그래도 괜찮겠니?"

할머니는 우리 집에서 생일 파티를 여는 건 상관없지만, 시실리와 마리아는 괜찮겠느냐고 물었다.

하긴, 둘 다 귀족이니까 체면 문제가 되려나? 주위에서 이걸 보고 뭐라 할지도 모르니까.

“저흰 괜찮아요. 아니, 애초에 신 군이랑 생일이 같아서 합동 파티를 여는데 저희 집에서 열겠다고 하면 오히려 주위에서 이상한 눈으로 쳐다볼걸요?”

“맞아요. 아마 부러워하면 부러워하겠죠.”

“그리고 신 군의 생일이니 틀림없이 폐하께서도 오실 텐데, 그럼 사용인들에게 너무 부담이 될 것 같아서…….”

“저희도 마찬가지예요. 다들 부담감을 견디지 못할걸요.”

그러고 보니 디스 아저씨는 매년 내 생일마다 우리 집에 찾아왔었다.

단 한 번도 빠지지 않고.

그러니 올해도 틀림없이 참석하리라.

시실리와 마리아네 집 사용인들에게는 국왕을 대접하는 것 자체가 큰 부담인 모양이지만, 그런 점에 있어서는 우리 집은 괜찮다. 오히려 자주 놀러오다 보니 사용인들도 벌써 적응이 다 돼서 가끔 대접이 소홀할 때가 있을 지경이다. 디스 아저씨는 그래도 화를 내거나 속에 담아두는 기색이 전혀 없었다.

마치 자기 집에 있는 것처럼 완전히 긴장을 풀고 있는 모습이었다.

목욕을 마치고 나오자마자 냉장고에서 차갑게 식힌 에일을 꺼내 마시고 취해서 소파에 대충 누워 자는 모습도 자주 봤다.

이러다 보니 내 눈에는 그냥 친척 아저씨로만 보이지만, 다른 사람들의 인식은 전혀 달랐다.

알스하이드라는 대국의 톱. 나라의 부를 증진시키고, 그것을 사리사욕을 위해 쓰는 것이 아니라 국민들에게 환원해 왕국을 한층 더 발전시킨 명군.

주위에서 디스 아저씨를 이렇게 평가하고 있다는 건 왕도에 와서 처음 알았다.

산속 집에서 살 때도 늘 후줄근한 모습만 보여서 처음 그 사실을 들었을 땐 무심코 반문했을 정도다.

응.

도저히 믿을 수가 없더라고.

"그러니 우리 집이라면 디스 아저씨가 와도 문제없잖아?"

"갠 정말이지…… 우리 집이 무슨 휴게소인 줄 아나."

"죄, 죄송합니다. ……제가 엄중히 주의 주겠습니다."

할머니는 마치 행실이 불량한 학생 때문에 고민하는 선생님처럼 기막혀 했다.

그리고 오그는 그 반응을 보자마자 반사적으로 사과했다.

그건 그렇고 일국의, 그것도 대국의 왕 보고 걔라니…….

마법사단장 올그란 씨도 할머니 앞에선 고개를 못 드는 모양이었고, 지금 봐선 오그도 마찬가지였다.

어쩌면 이 나라에선 우리 할머니가 최강일지도…….

"그건 그렇고 디스 아저씨는 우리 집에서 볼 때랑 왕성에서 볼 때랑 분위기가 전혀 다르던데."

"그야 갠 우리랑 벌써 20년 넘게 알고 지냈으니 이제 와서 눈치볼 것도 없겠지."

"그건 할머니도 그렇잖아. 아무리 같이 여행도 했던 사이라고 해도 상대가 왕족이라면 원래 좀 더 예의를 차려야 하는 거 아닌가?"

내가 그렇게 말한 순간, 다들 기겁한 눈으로 날 쳐다보았다.

응? 뭐지?

"시, 신 군! 열! 열 좀 재봐요!"

"이건 중증이군. 클로드, 신을 침실에 좀 눕히고 와."

"예! 전하!"

"참 나, 몸이 안 좋으면 솔직히 말해. 무리하지 말고."

"잠깐만! 다들 갑자기 왜 이래?! 시실리까지!"

오그뿐만 아니라 시실리까지?!

열은 또 뭐야?!

"그치만…… 저는 신 군이 왕족에게 예의를 차리는 모습은 한 번도 본 적이 없는걸요!"

"맞아. 나도 너와 같이 있을 땐 내가 왕족이라는 사실을 잊을 정도인데 말이지."

"아우구스트 님. 그건 그것대로 문제 아닙니까?"

아, 그런 거였나.

평소에 왕족을 상대로 전혀 예의를 차리지 않는 내가 갑자기 그런 말을 꺼내서 다들 놀란 모양이었다.

……다들 너무해.

내가 디스 아저씨에게 이런 태도인 건 다 이유가 있는 건데 말이다.

"아니, 나랑 할아버지 할머니는 출발점이 전혀 다르잖아. 그래서 말해본 거야."

"출발점?"

"응. 난 작년 생일까지 디스 아저씨가 왕이라는 걸 몰랐잖아? 그냥 가끔 놀러오는 친척 아저씨라고 진심으로 믿고 있었어. 디스 아저씨도 날 그런 식으로 대했고."

난 줄곧 디스 아저씨와 그런 식으로 교류했다.

그러다 보니 이제 와서 국왕님이었다고 해도 태도를 바꿀 수 없었고, 디스 아저씨의 자식인 오그와 메이도 사촌 형제처럼 느껴졌다.

"하지만 할아버지랑 할머니는 다르잖아? 처음 만난 시점에서 왕태자였던 거지? 디스 아저씨."

"그런 거였나. 사람 놀라게 하긴."

"멋대로 놀란 건 그쪽이거든?!"

"저도 신 군이 병이라도 걸린 게 아닐까 싶어서 걱정했어요……."

응. 걱정해주는 건 고맙지만, 판단 기준이 좀 이상한 거 아닐까?

확실히 내 평소 태도를 보면 그런 생각이 드는 건 어쩔 수 없는 걸지도 모르겠지만 말이지.

내가 그런 생각을 하고 있자 할머니가 입을 열었다.

“처음에는 내가 사는 나라의 왕태자니까 어느 정도 예의를 차렸다만, 같이 여행하는 사이에 날 스승님이라고 부르게 된 후부턴 이런 관계가 돼버렸지.”

“아, 그래서 디스 아저씨는 할머니를 상대로 꼼짝도 못하는 거구나.”

“그런 셈이지.”

응? 그렇다면…….

“그럼 할아버지는? 나 때처럼 디스 아저씨를 가르치면서 지금 같은 관계가 된 거야?”

“당시의 난 사람을 가르치는 게 서둘러서 같이 다니던 아이들의 지도는 전부 멜리다가 맡았단다.”

“아, 의외네. 난 잘 가르쳐줬는데.”

내가 그렇게 말하자 할머니가 한숨을 내쉬었다.

“이 양반은 누가 가르침을 청하면 ‘마력을 대량으로 모아서 적당히 이미지하고 쏴 갈겨!’ 라고 말하는 인간이었단다.”

“할아버지…….”

“허허…… 그땐 나도 참 젊었지…….”

할아버지가 어색하게 시선을 피했다.

“하, 하지만 신 군을 가르친 건 할아버님이시죠? 역시 굉장해요!"

시실리가 옆에서 감싸주자 할아버지는 감동한 얼굴을 했다.

"배려해줘서 고맙구나, 시실리 양. 뭐, 신은 아기 때부터 키웠으니 기초부터 차근차근 가르치면서 나도 남을 가르치는 방법을 배운 셈이라고 볼 수 있겠지."

"그랬구나."

어느 정도 나이가 있는 사람을 가르칠 수 있게 된 건 최근이었다는 뜻이다.

아니, 그보다 방금 뭔가 신경 쓰이는 말을 한 것 같은데…….

"아이들? 같이 여행한 사람이 디스 아저씨 말고도 있었던 거야?"

"처음에 따라온 건 디세움뿐이었지. 그러다 도중에 두 명이 추가됐다. 같이 여행하면서 훈련을 봐줬지."

"호오."

이것도 처음 듣는 이야기였다.

어떤 사람들과 같이 여행한 건지 물어보고 싶었지만, 할머니가 갑자기 화제를 전환했다.

"자, 그럼 옛날이야기는 이쯤하고 생일 파티 계획이나 세워보자꾸나."

음, 좀 아쉽다.

할머니가 이런 식으로 나오면 설령 오그나 디스 아저씨라도 이의를 제기하는 건 무리다.

오그도 나와 비슷한 기분인지 약간 아쉬운 얼굴로 생일 파티 계획을 시작했다.

"예. 방금 신이 말했다시피 장소는 이곳의 홀을 써도 되겠습니까?"

"그래, 그렇게 하렴."

"세 가문의 합동 생일 파티이니 규모도 제법 커질 겁니다. 그러니 초대객도 선별해야하겠지요."

"초대객은 안 부를 거다."

"예?"

할머니는 대놓고 반대했다.

아니, 그보다 초대객이라는 게 뭐지?

"신. 넌 걱정하지 마렴. 초대객을 꼭 불러야 하는 건 귀족이지 우리 같은 평민하고는 관계없는 이야기니까."

"그렇구나. 다행이다."

"만약 초대객을 부를 거라면 이 이야기는 없었던 걸로 하자. 너희 둘은 괜찮겠니?"

아, 그러고 보니 시실리와 마리아는 귀족이었지. 뭔가 문제가 생기려나?

"전 상관없어요. 모르는 사람들이 잔뜩 오는 건 솔직히 좀 불편했거든요."

"그런데도 계속 상대하면서 애교를 떨어야 하니 참 귀찮지."

자기 생일날 모르는 사람들이 잔뜩 오는 게 불편하다는

시실리의 심정은 이해가 갔다.

마리아는…… 그냥 그 상황 자체가 귀찮은가 보다.

하지만 본인은 그렇게 생각해도 가족은 어떨까.

"그럼 부모님들이 곤란해지시는 거 아냐? 괜찮겠어?"

"할머님께서 반대하셨다고 하면 다들 납득할걸요."

"맞아. 아무도 뭐라고 못 할걸."

이런 곳에서도 할머니의 영향력이…….

"그럼 정말로 가까운 사람 부르기로 하자꾸나? 괜찮겠지?"

"아, 예……. 그럼 그렇게 하겠습니다."

오그는 싱겁게 항복했다.

"뭐, 사실 우린 알고 지내는 사람들도 얼마 없지만 말이다. 디세움, 지크, 크리스, 그리고 미셸과 톰 정도려나."

결국 작년과 같은 멤버였다.

"……충분히 굉장하신데요."

"시실리, 월포드가에 평범함을 바라면 안 돼."

마리아가 뭔가 실례되는 발언을 했다. 사실 원래는 전부 할아버지와 할머니의 지인들이었지만 말이다.

"저희는 그분들께 실례가 안 되도록 친족만 부를게요."

"우리도 그래야겠어."

시실리와 마리아가 신경을 쓰게 만든 것 같지만, 여기 있는 멤버들을 제외하면 내 지인은 정말 그뿐이니 어쩔 수 없었다.

월포드 상회를 경영하는 로이스 씨도 결국 시실리의 오빠고.

아, 그렇게 되면 앨리스네 아버지도 불러야겠다.

"그래도 제법 규모가 커지겠네. 정말 이런 성대한 파티를 열어도 괜찮은 거니?"

할머니는 아무래도 요즘의 자숙 분위기를 신경 쓰는 듯했다.

그런 상황 속에서 이런 성대한 파티를 열면 주위의 눈총을 받는 게 아닐지 걱정하는 것이리라.

"문제없을 겁니다. 가장 큰 위협인 마인은 토벌했으니까요. 잔당들은 교전 의사가 없는 것 같고, 남은 건 늘어난 마물들을 줄이는 것뿐입니다. 그러니 슬슬 자숙 분위기도 해금되겠지요. 저희가 첫 타자로 파티를 열면 아마 다들 따라하기 시작할 겁니다."

"그럼 다행이겠다만."

응? 왠지 뉘앙스로 봐선 할머니의 걱정거리는 이것뿐만이 아닌 것 같았다.

"할머니, 무슨 걱정하는 거라도 있어?"

"아…… 아니, 내 쓸데없는 걱정이라면 좋겠다만."

왠지 보기 드문 반응이었다.

다들 비슷한 감상인지 할머니를 주목하기 시작했다.

그런 우리를 본 할머니는 잠시 고민한 후 입을 열었다.

"마인은…… 슈투름은 정말로 쳐들어오지 않을 거라고 생각하니?"

할머니는 우리가 파티를 여는 가장 근본적인 이유에 의문을 표했다.

그러자 오그는 자신이 그렇게 판단을 내린 이유를 다시 설명했다.

"저희가 토벌한 마인은 분명히 이렇게 말하더군요. 슈투름은 제국을 멸망시킨 후 모든 의욕을 잃었다고요."

"슈투름의 목적은 어디까지나 제국을 멸망시키는 것. 그것을 달성한 후에는 목표가 사라졌다는 건가……."

하지만 할머니는 납득하지 못한 얼굴이었다.

"정말로 마인이 그걸로 얌전해질지는……."

확실히 이건 희망적인 억측이 포함된 판단이었다.

주변국에 침략 의사가 있던 마인은 전부 섬멸했다.

남은 건 적의가 없는 마인뿐.

그래서 상부는 더 이상 큰 혼란은 없을 거라는 판단을 내린 것이다.

물론 확증은 없었다.

하지만…….

"확실히 마인이 완전히 침공을 단념했을 거라는 보장은 없습니다. 하지만 이번 일련의 소동에는 슈투름이 관여하지 않았던 것도 사실입니다."

오그의 말대로 각국을 습격한 마인들은 슈투름의 의사와는 별개로 움직인 자들이었다.

이건 그 마인들이 직접 한 말이니 틀림없었다.
“하긴, 그건 그렇다만…….”
그래도 할머니는 아직 납득하지 못한 얼굴이었다.
혹시…… 그 일과 무슨 관계가 있는 걸까.
“할머니가 그렇게 걱정하는 건 혹시 과거의 마인과 무슨 관계가 있는 거야?”
내가 신경 쓰인 건 그 점이었다.
알스하이드에 쳐들어온 마인을 토벌한 후에 했던 말을 보건대 할아버지와 할머니는 과거의 마인에 관해 뭔가를 아는 것 같았다.
그래서 내가 그렇게 묻자, 할머니뿐만 아니라 할아버지도 안색이 흐려졌다.
“……그렇군. 이제 슬슬 이야기해도 될지도 모르겠어.”
“……그래. 다들 알아두는 편이 좋겠지.”
할아버니와 할머니는 결심한 눈치였다.
그렇다면…….
“혹시…….”
“네 생각이 맞다.”
역시나.
“……이야기해줄 거야?”
“음. 사태가 이렇게 된 이상 과거의 마인에 관해 알아두는 편이 좋겠지.”

"맞아. 과거의 마인과 현재의 마인. 그 둘의 차이를 알아둬서 손해 볼 건 없을 테니까."

할아버지가 예전에 마인을 토벌했다는 이야기는 지금까지 몇 번이나 들었다.

하지만 그 마인이 구체적으로 어떤 존재였는지는 들어본 적이 없었다.

그렇다면 이건 그만큼 중요한 이야기일 거라고 추측하고 진지하게 경청하려 했지만, 주위는 나와 전혀 다른 반응을 보였다.

"두 분의 영웅담을 직접 들을 수 있는 건가요?!"

지금까지 책이나 무대로밖에 접할 수 없었던 이야기를 본인이 직접 들려주겠다고 하니 마리아가 엄청나게 흥분했다.

다른 멤버들도 흥미진진한 기색이었다.

"잠깐 좀 진정하렴! 그런 낯부끄러운 이야기를 내 입으로 직접 할 리가 없잖니."

"아…… 그런가요."

한껏 기대감에 부풀었던 마리아는 약간 실망한 표정을 지었다.

다른 멤버들도 말로 하지는 않았지만, 대부분 비슷한 반응이었다.

"말해주는 건 어디까지나 과거의 마인에 관한 것뿐이야."

하지만 다시 마인을 언급하자 모두의 얼굴이 진지해졌다.

역시 알스하이드 국민에게 마인의 존재는 아직도 큰 위협으로 다가오는 모양이었다.

할머니는 그 반응을 보고 이야기를 시작했다.

"우리가 쓰러트린 마인은 책에서 묘사하는 것처럼 인간이든 도시든 가릴 것 없이 전부 파괴하고 다녔단다."

"주위의 모든 것을 파멸시키는 게 목적인 것처럼 보였지."

"끊임없이 넘치는 마력은 마치 이 세상 모든 것을 증오하는 것처럼 보이기도 했어."

"실제로 직접 대면해보지 않으면 모를 게다. 그 녀석의 마음이 증오심에 사로잡혔다는 걸."

책이나 무대로만 묘사됐던 과거의 마인과 직접 싸웠던 두 사람의 말에 모두가 숨을 삼켰다.

아니, 난 둘 다 한 번도 접해본 적이 없는데 창작물에선 마인에 대해 자세히 묘사하지 않았던 걸까?

"책에선 그렇게까지 자세히 묘사되진 않았습니다만……."

"증오심에 사로잡힌 마인인가……."

토르의 말을 듣고 납득했다. 앨리스는 이야기속의 마인이 증오심에 날뛰는 광경을 상상한 건지 몸을 살짝 떨었다.

"처음 본 순간 이건 절대로 이대로 내버려둬선 안 된다고, 반드시 쓰러트려야만 한다고 본능적으로 느껴지더구나."

"과거의 마인은 그 정도로 위협적인 존재였지."

예전에 할아버지에게 들었을 때는 이렇게까지 자세히 알

려주지 않았지만, 실제로는 내 상상보다 훨씬 더 처절한 격전이었던 모양이다.

"이번에 출현한 마인도 아무래도 제국에 대한 『증오심』을 갖고 있는 것 같더구나."

"제국을 멸망시키는 게 목적이었다고 하니 아마 제국 그 자체에 강한 증오심을 품고 있었을 겁니다."

증오심.

오그의 말대로 슈투름의 목적이 제국의 지배가 아니라 파멸이었던 것만 봐도 상당히 강한 원한과 증오를 품고 있었다는 건 상상하기 어렵지 않았다.

물론 구체적인 이유까지는 모르겠지만 말이다.

그리고 과거의 마인도 처음 본 순간 알 수 있을 정도로 강렬한 증오심에 사로잡혀 있었다고 한다.

아무래도 그런 공통점이 있기에 할머니는 강한 증오심을 가진 자일수록 마인이 되기 쉽다고 추측했던 모양이다.

"슈투름은 당장은 제국에 대한 원한을 풀고 목적을 달성해서 얌전해진 걸지도 몰라."

할머니는 우리를, 특히 오그를 바라보며 말했다.

"하지만 과거의 마인과 『어떤 대상을 증오한다』는 공통점이 있는 데다, 그 파괴충동을 제국 전체로 돌려서…… 귀족뿐만 아니라 일반 시민까지 모조리 학살했지?"

"……예."

"아무리 증오심에 사로잡혔다고 해도 너무 과해. 하지만 슈투름은 그걸 실제로 저지르고 말았지."

수십만에 이르는 대학살이었다.

아무리 냉혹한 인물이라고 해도 그리 쉽게 실행에 옮길 수 있는 일이 아니었다.

하지만 슈투름은 실제로 했다.

"그런 만행을 저질렀던 슈투름이 제국에 품은 증오심을 이번에는 세계로 돌릴 가능성이 없다고 단언할 수 있겠니?"

"확실히 그건……."

"내가 걱정하는 건 바로 그 점이란다. 물론 슈투름과 과거의 마인은 다를지도 몰라. 하지만 공통점도 있고…… 사람을 사람으로 보지 않는 대학살을 저지른 건 엄연한 사실이니까."

공통점이 있는 데다 살인에 망설임이 전혀 없다.

할머니는 그런 존재에 대한 경계심을 결코 소홀히 해선 안 된다고 말했다.

그러고 보니 전에 슈투름과 싸웠을 때 인간 따윈 진심으로 아무래도 상관없는 존재라고 말한 것을 들은 적이 있었다.

그런 슈투름이 제국을 멸망시킨 후에는 왠지 모르게 얌전해서 낙관했던 것도 사실이었다.

애초에 슈투름은 대체 어떤 행동 이념으로 움직이고 있는 걸까?

자연 발생으로 마인이 된 사례가 워낙 적다 보니 선불리 결론을 낼 수가 없었다.

정말 답답하다.

"좀 더 참고할 만한 힌트가 있으면 좋을 텐데. 모르는 점이 너무 많아서 검증도 못 하겠어."

"모르는 점이라……."

"흐음……."

내가 그렇게 푸념하자 할머니와 할아버지는 서로 얼굴을 마주보더니 뭔가를 결심한 것처럼 입을 열었다.

"다들, 과거에 마인이 된 인간이 어떤『인물』이었는지는 알고 있니?"

할머니는 그런 질문을 던졌다.

"아니요, 그건……."

"이야기 속에선 묘사되지 않았죠~."

오그가 당황한 얼굴로 말했지만, 그 이유는 유리의 대답으로 알 수 있었다.

이야기 속에서는 마인을 그렇게 자세히 묘사하지 않았던 모양이다.

두 사람의 대답을 들은 할머니는 그 이유를 밝혔다.

"그야 그렇겠지. 알스하이드 마법사단에서 필사적으로 은폐했으니 말이다."

"그래서 세간에는 어떤 인간이 마인이 됐는지 알려지지

않았지."

"은폐라면……."

그러자 토르가 뭔가를 눈치챈 것 같았다.

나도 마찬가지였다.

그렇다면 과거에 마인이 됐던 인간은…….

"알스하이드 왕국 마법사단 소속의 마법사였단다."

다들 어느 정도 예상은 했는지 여기저기서 숨을 삼키는 소리가 들렸다.

"그랬던 거예요? 전하."

"아, 아니. 나도 오늘 처음 들었다만……."

마리아가 질문하자 오그는 그렇게 대답했다.

그러고 보니 디스 아저씨는 고등 마법학원에 다니던 당시에 마인 토벌에 차출된 적이 있으니 사정을 알고 있었을 터.

하지만 그걸 오그에게 알려주지는 않은 듯 했다.

분명 마법사단……이라기보다 알스하이드 왕국으로서는 국가 소속의 인간이 마인이 됐다는 사실을 주위에 알리고 싶지 않았던 것이리라.

하지만…….

"뭔가 마음에 걸리는 거라도 있니? 신."

"아니…… 그게 그렇게까지 필사적으로 은폐해야 하는 일인가 싶어서."

확실히 마법사단 소속의 알스하이드 국민이었다는 것에는

놀랐다.

하지만 그게 그렇게까지 숨겨야만 했던 일인 걸까?

내가 그렇게 대답하자 할머니는 이유를 가르쳐주었다.

"마인이 된 인간은 굉장히 우수한 마법사였던다. 실력만 놓고 보면 이 양반과 대등했을 정도로."

"혀, 현자님과 대등?!"

"세상에!"

마리아와 토르가 경악했다.

할아버지와 동격이었다는 사실이 그토록 놀라운 모양이었다.

"하지만 당시의 마법사단 부대장은 그 실력자를 정당하게 평가해주지 않았지. 아니, 평가는커녕 그 마법사의 공적을 가로채기까지 했단다."

우와아, 그런 상사는 어디에나 있는 법이구나.

"그래서 그 녀석은 조직 내에서도 정당한 평가를 받지 못했지."

"당시에 세간에서는 헌터였던 이 양반을 당대 최강의 마법사로 보고 있었단다. 같은 실력을 가진 그 마법사는 조직에서 출세도 하지 못 한 채 제자리걸음만 하고 있었는데 말이지."

실력은 비슷한 데도 한쪽은 최강의 마법사로 평가받지만, 다른 한쪽은 상사에게 공적을 빼앗겨서 출세도 못 하고 명성도 얻지 못했다라…….

확실히 너무한 이야기였다.

마법사단으로서는 조직 내부의 부패를 드러내는 꼴이 될 테고, 왕국으로서는 그런 마법사단의 부패를 눈치채지 못했다는 사실을 공표하는 꼴이 될 테니 은폐하고 싶어지는 것도 어쩔 수 없었으리라.

하지만…….

"그런 것치곤 할아버지랑 할머니는 사정을 잘 알고 있네?"

내가 그렇게 말한 순간, 두 사람의 안색이 어두워졌다.

"실은 그 마법사는……."

"……우리의 오랜 지인이었단다."

"아……."

누군가가 놀란 목소리로 신음을 흘렸다.

물론 나도 놀랐다.

할아버지와 할머니의 과거는 나도 잘 몰랐기 때문이다.

"나하고는 중등학원부터 고등 마법학원까지 줄곧 같이 다녔지. 좋은 친구이자 라이벌이었다."

"난 고등 마법학원 시절부터 알고 지냈어. 당시엔 이 양반이랑 둘이서 늘 함께 다녔지. 천재 월포드와 수재 맥클린이라고 하면 꽤 유명한 콤비였단다."

"할아버지랑 할머니의 고등학생 시절……."

와, 엄청 흥미진진하다.

하지만 토르는 다른 부분에 주목했다.

"……맥클린, 입니까?"

"그래. 카일 맥클린. 기세와 감만으로 마법을 쓰는 누구 씨랑 다르게 이론파라 당시에는 나도 꽤 참고가 됐지."

"잠깐, 나는?"

"당신의 설명은 너무 감각적이라 하나도 못 알아들었어. 신을 이렇게까지 잘 키운 게 정말 놀라울 정도라니까?"

내가 배울 때는 엄청 알기 쉬웠는데…… 노력했구나, 할아버지.

"아무튼 고등 마법학원을 졸업한 후, 우리는 헌터가 됐고 카일은 마법사단에 입단했지."

"당시에 혈기가 왕성했던 난 조직에 속박되는 걸 견딜 수 없었지."

"반대로 원체 성실했던 카일은 본인보다 나라를 위해 공헌하고 싶었던 걸 거야."

"헌터가 된 우리는 주위에서 알아서 평가해주더군. 이 세계는 좋건 나쁘건 실력주의니까 말이다."

"하지만 마법사단은 조직이야. 거기서 두드러지게 실력이 좋다고 해봤자 눈에 띄기는 어렵지."

마물 헌터는 실력만 있으면 명성과 수입이 따라오지만, 실력이 없으면 그날 먹고 살기도 어려운 도박에 가까운 직업이다.

하지만 마법사단 소속 마법사는 공무원에 가까운 신분이라 큰 명성은 얻기 어려워도 안정된 수입이 보장되었다.

두 직업에는 그런 장단점이 있었다.

"물론 본인도 그런 사실은 잘 알고 있었겠지. 하지만 카일은 그래도 마법사단을 선택했단다. 개인주의인 헌터와 달리 마법사단 소속이 되면 확실히 국민들을 지킬 수 있을 테니까."

"하지만…… 당시의 상사가 부하의 공적을 가로채는 교활한 남자였다는 게 문제였지."

"우와…… 진짜 쓰레기네요."

마리아는 그 상사에게 화가 난 모양이었다. 표정을 보니 다들 마찬가지인 듯했다.

"조직에서도 내부 평가라는 게 있지만, 상사에게 공적을 갈취당한 카일은 그 평가조차 제대로 받지 못해 점점 불만이 쌓였던 거겠지."

"그래서 나도 자주 아침까지 푸념을 들어준 적이 있었단다."

두 사람은 당시의 기억을 떠올리며 쓴웃음을 지었다.

"그래서? 그 사람은 그것 때문에 마인이 된 거야? 솔직히 이유치고는 좀……."

지금까지 들은 바로 카일 씨는 좀처럼 승진하지 못하는 현실에 불만을 품고 있었지만, 그 사정까지는 자세히 알지 못했던 것 같았다.

하지만 고작 그 정도로 마인이 됐다면 지금쯤 세상에는 자연 발생한 마인이 넘쳐났을 터.

내가 그런 의문을 표하자, 두 사람은 갑자기 화가 난 표정을 지었다.

"하, 할아버지? 할머니?"

"그 망할 놈은……."

"공적을 가로채는 걸로 그치지 않고 자기 실수까지 전부 카일에게 뒤집어씌워버렸단다!"

하, 할아버지와 할머니가 이렇게까지 화를 내는 건 처음 봤다.

수십 년 전 일인데도 아직도 화가 안 풀렸는지 당시의 상사를 강하게 매도했다.

우리는 놀라서 말도 꺼내지 못했지만, 이윽고 화가 가라앉은 두 사람은 갑자기 슬픈 표정을 지었다.

"그래서 결국…… 카일은 헌병에게 체포당하고 말았지."

"……카일이 마인이 된 건 바로 그 후였단다."

그랬던 건가.

하지만…….

"할아버지, 할머니. 화내지 말고 들어줘. 솔직히 이런 말을 하긴 좀 그렇지만, 그런 건 조직에선 꽤 흔히 일어나는 일 아냐?"

어디까지나 전생의 기억이었지만, 회사라는 조직에서 일어나는 그런 비리에 관한 이야기는 매우 흔했다.

그런 상황에서 복수나 역전하는 드라마도 자주 만들어질 정도였고.

내가 그렇게 말하자 두 사람은 서로 얼굴을 마주보더니 찝찝한 얼굴로 뒷말을 이었다.

"실은…… 당시에 카일에게는 약혼자가 있었다만……."

"그 여자까지 마법사단의 선배에게 빼앗기고 말았지."

우와…… 내가 제일 싫어하는 전개다.

"심지어 그 현장까지 목격해버렸지."

으아…… 아니, 하지만…….

"두 사람은 그걸 어떻게 안 거야?"

"……마인이 된 카일의 첫 희생자가 그 둘과 카일을 자택까지 연행한 헌병이었기 때문이지."

헌병에게 체포될 정도의 누명을 쓴 데다 약혼자가 바람피는 현장까지 목격했던 건가.

너무하다. 듣기만 해도 속이 뒤집힐 것 같았다.

다들 비슷한 심정인지 표정에 그걸 드러내고 있었다.

"확실히 네 말대로 상대의 힘과 능력을 질투해서 방해하거나 함정에 빠트리는 건 조직 내에선 일상다반사겠지. 그리고 치정싸움도 말이다. 하지만…… 타이밍이 나빠도 너무 나빴던 게야."

"이제 와선 알 수 없지만, 다른 이유도 있었을지도."

"다른 이유?"

"그래. 확실히 본인에게는 끔찍한 상황이었겠지만, 너나 멀린이 말했다시피 그런 건 현실에서는 의외로 자주 일어나는 문제라 볼 수 있으니 말야."

하긴, 그랬다.

"그런데도 카일은 결국 마인이 돼버렸지. 어쩌면 그것들이 전부 원인이 된 걸지도 모르고, 다른 이유가 있었던 걸지도 몰라. 솔직히 이제 와선 전부 미궁 속이지. 하지만 카일이 마인이 된 것만큼은 엄연한 사실이었어."

"어릴 때부터 알고 지내던 절친이 인류 역사상 최초의 마인이 돼서 세상을 증오하게 됐다는 현실에는 당혹스러움을 감출 수가 없었지. 그리고…… 그 녀석을 내 손으로 죽여야 한다는 것에도."

할아버지는 마인이 된 절친을 본인의 손으로 죽일 수밖에 없었던 건가…….

그러고 보니 둘 다 아까부터 『토벌』이라는 단어는 단 한 번도 쓰지 않았다.

당시에도 그만큼 갈등이 컸던 것이리라.

"카일은 워낙 온화하고 성실한 성격이라 주위에 함부로 적의를 드러낸 적이 없었단다. 하지만 그때…… 카일은 틀림없이 모든 것을 증오하고 있었지. 그래서 그 녀석의 사정을 조사해본 결과……."

"그 비리가 발각된 거야?"

"음. 그게 직접적인 원인인지는 모르겠지만, 마법사단의 부패가 발각되었지. 만약 공표됐다면 마법사단의 권위는 땅에 떨어졌을 거다."

"그래서 필사적으로 은폐했던 거야."

당시의 마법사단은 정말 최악의 조직이었다.

그러자 오그는 그제야 뭔가를 납득한 듯한 표정으로 고개를 끄덕였다.

"그렇군요. ……확실히 기사단과 마법사단의 복무규정이 대폭 강화된 시기와 일치합니다. 그런가. 그래서……."

아무래도 지금은 그때와 다른 모양이었다.

한 번 험한 꼴을 당해야 개선하는 건 이 세상도 다를 바 없었다.

그리고 할아버지와 할머니는 지금까지 한 이야기를 전제로 자신들이 무엇을 걱정하는지 알려주었다.

"카일은 이 나라를, 국민의 행복을 바란 착한 녀석이었지."

"그랬던 남자가 마인이 되자마자 모든 걸 멸망시키려고 날뛰더군. 우린 그 모습을 직접 이 눈으로 똑똑히 봤단다."

"슈투름이 어떤 경위로 마인이 된 건지는 알 수 없지만, 그래서 우린 더욱더 낙관해서는 안 돼."

과거의 사례를 아는 두 사람은 이 상황 자체에 안심할 수 없는 모양이었다.

"그러니 목적을 달성한 마인이 안전하다고 생각하진 말고 경계를 소홀히 하지 않았으면 좋겠구나."

"정말 무슨 일이 벌어질지 모르니 말이다."

"알겠습니다. 아바마마께도 그렇게 전해드리지요. 그리고 아바마마라면 사정을 어느 정도는 알고 계실 테니 납득해 주실 겁니다."

침통한 얼굴로 이야기를 계속 듣고 있던 오그가 그렇게 약속했다.

다른 멤버들도 예상치 못한 내용에 무척 당혹스러운 표정이었다.

"왠지…… 앞으로는 두 분의 영웅담을 마냥 즐겁게만 들을 수는 없을 같네요."

"저도요."

"나도……."

마리아와 토르와 앨리스는 그런 복잡한 심경을 토로했다.

지금까지 완전한 악으로만 묘사됐던 마인이 실은 동정할 부분도 있는 인물이었다는 사실을 알게 됐으니 당연하다면 당연했다.

"실망시켜서 미안하구나. 하지만 이번 소동을 제대로 검증하려면 정확한 정보가 필요해서 이 이야기를 밝힌 게란다."

"카일이 마법사단에서 냉대를 받은 건 사실이다. 다른 이유도 있었을지 모르지만 원망과 증오가 마인이 된 원인이었다는 것만은 명백해. 그러니 슈투름도 과거를 조사하면 뭔가 알 수 있겠지."

그건 그렇지만, 제국이 풀 한 포기 남기지 않고 멸망한 지금은 확인할 방도가 없었다.

"하지만 그 제국이 이젠 존재하지 않으니…… 어려울지도 모르겠습니다."

"제국이 있었을 때 이걸 눈치챘으면 좋았을 텐데……."

역시 무리인가.

결국 할아버지와 할머니는 이야기는 슈투름이 어떻게 움직일지 알 수 없으니 경계를 유지하자는 결론으로 끝났다.

그건 그렇고 참 충격적인 이야기였다.

◆

"설마 마인이 두 분의 지인이었을 줄은."

"정말로…… 지금까지의 상식이 근간부터 뒤집힌 것 같은 기분입니다."

우리는 할아버지와 할머니의 이야기를 들은 후, 집사장 스티브 씨와 메이드장 마리카 씨에게 합동 생일 파티에 관한 부탁을 하고 내 방에 모였다.

그리고 오그와 토르가 꺼낸 첫말이 이거였다.

다들 어릴 때부터 할아버지의 이야기를 듣고 자랐으니 그만큼 충격이 큰 듯했다.

팀 멤버들과 에리와 에리를 더하면 인원이 열네 명이나 되다 보니 방이 비좁게 느껴졌다. 게다가 방금 들은 이야기의

여운 때문에 공기까지 무거워진 듯한 기분이 들었다.

그럼에도 난 이야기를 듣는 동안 내내 마음에 걸렸던 점을 솔직히 물어보기로 했다.

"저기, 요금 세간에선…… 나만 유독 추켜세우고 있잖아? 너흰 거기에 불만 같은 건 없어?"

마인이 된 맥클린 씨는 할아버지와 비슷한 실력자임에도 조직 내에서 제대로 된 평가를 받지 못했다.

그런데 곰곰이 생각해보면 그건 우리 멤버들에게도 비슷하게 적용되지 않을까 싶었다.

내 경우는 아무래도 주위에서 얼티밋 매지션즈의 리더로 취급되며 유독 주목받는 경우가 많았다.

하지만 내가 그렇게 묻자 모두는 그게 대체 무슨 소리냐는 듯한 반응을 보였다.

"뭐? 그게 대체 무슨 소리야? 그럴 리 없잖아."

"그렇소이다. 이중에 규격 외의 강함을 가진 건 신 님뿐이외다."

"솔직히 우리가 이런 평가를 받는 것 자체가 신기해."

"칭찬이 과해서 기분 나쁠 정도임다!"

"저도요."

마리아는 단칼에 부정했다.

율리우스의 대답은 조금 마음에 걸렸지만, 토니와 마크와 올리비아는 설마 이런 평가를 받게 될 줄 전혀 몰랐다고 대답했다.

"너도 참 이상한 녀석이다. 멀린 님께서 하신 건 상대가 원래 동격이어서 평가에 차이가 난 걸 질투했다는 이야기였잖아. 하지만 우리의 경우는 너만 두드러지게 강한 게 사실인데 대체 뭘 질투하라는 거지?"

이상한 녀석이라는 건 좀 너무한 거 아닌가.

하지만 다행이다.

우리 멤버 중 불만을 가진 사람은 없는 것 같았다.

내가 그렇게 안심하자 마리아가 예상치 못한 점을 지적했다.

"아, 하지만 세간에서는 시실리랑 결혼하는 것 때문에 질투하는 놈들이 엄청 많을지도."

"어? 역시 그래?"

"응. 신, 넌 시실리가 얼마나 인기 많은지 모르지?"

"약혼 피로연 때 몇 명이 쏴 죽일 것 같은 눈으로 쳐다보긴 하던데……."

그건 솔직히 무서웠다.

디스 아저씨가 공인한 약혼 피로연이라 대놓고 나서는 사람은 없었지만, 다른 자리였다면 나와 시실리의 약혼을 반대하는 사람이 나와서 큰 혼란에 빠졌으리라.

하지만 마리아는 고작 그 정도가 아니라고 답했다.

"그건 약과야. 중등학교 시절 시실리의 인기는…… 그야말로 전교 남학생들이 노렸다고 봐도 과언이 아니었단 말이야."

"그, 그렇게나……?"

"응, 그렇게나. 옆에…… 나도 있었는데 말이지……."

우와, 마리아가 무지막지하게 어두운 미소를 짓기 시작했다.

마리아도 충분히 예쁜데도 이상하게 인연이 없는 건 남자들의 시선을 전부 시실리가 가져갔기 때문이었나…….

너무 애처로워서 뭐라 할 말이 없었다.

나뿐만 아니라 다른 사람들도 입을 다물어버리자 마리아의 분위기가 더더욱 어두워졌고 메이가 질겁했다.

"마리아 언니, 무서워요……."

"잠깐만요, 마리아 양. 메이가 무서워하니까 그렇게 웃지 좀 마세요."

"……좋겠네. 짝이 있는 것들은……."

"히익?!"

마리아의 표적이 된 에리가 겁에 질린 나머지 비명을 질렀다.

그렇게 주위가 공포에 떠는 가운데, 앉을 자리가 없어서 침대에 앉은 시실리가 옆에 있던 내 옷을 잡아당겼다.

"응? 왜? 시실리."

"저, 저기! 전 아무하고도 사귄 적 없어요! 신 군이 처음이에요!"

왠지 필사적이었다.

아, 방금 마리아가 중학교 때 인기가 많았다는 걸 밝혀서 결백을 주장하는 건가.

눈물을 글썽거리며 새빨간 얼굴로 어필하는 시실리가 엄청나게 귀여웠다.

"그런 건 걱정 안 해. 오히려 그렇게 인기 많은 여자애랑 사귈 수 있어서 엄청 우월감이 느껴질 정도인걸."

"예? 아으…… 그, 그런가요. ……에헤헤."

내가 머리를 쓰다듬자, 시실리는 그제야 안심한 듯 웃었다.

"신 군이 중등학원에 안 다녀서 다행이에요."

"왜?"

"그야…… 인기가 엄청 많았을 테니까요. 그래서…… 다양한 여자애들이랑 사, 사귀었을 수도……."

하지만 곧 자기가 한 말에 충격을 받고 또 눈물을 글썽였다.

내가 다른 여자와 사귀는 광경이라도 상상한 것일까.

하지만…….

"그럴 리가."

"아니에요! 신 군은 이렇게 멋진걸요!"

"에잇."

"읍!"

쑥스러워서 머리를 가슴에 끌어안고 입을 막아버렸다.

"부끄러우니까 그런 소린 하지 마."

"으~ 진짠데!"

"또!"

"꺄윽!"

아직도 포기하지 않은 시실리를 그대로 침대에 자빠트렸다.
“또 그런 말하면 벌칙을 주는 수가 있다?”
“아…….”
얼굴이 새빨개진 시실리에게 어떤 벌을 줄까 고민한 순간.
“야, 설마 지금 여기서 하려고? 난 딱히 상관없다만…….”
오그의 말을 듣고 현실로 돌아왔다.
그러고 보니 다들 있었지.
“아, 아으으읏!”
시실리는 너무 부끄러웠는지 이불을 뒤집어쓰고 몸을 둥글게 말았다.
“여전히 둘만의 세계에 빠지면 주위가 안 보이는 모양이네요.”
“사이좋네~.”
토르와 유리는 그런 우리에게 뜨뜻미지근한 시선을 보냈다.
“이것들이 진짜…… 솔로인 내 앞에서도 잘도!”
““히익?!””
아직도 어둠에 사로잡힌 마리아의 분노가 폭발했다.
하지만 그 순간.
“혹시 맥클린 씨는 이성 관계로 원한을 품었던 게 아닐까?”
토니가 갑자기 그런 말을 꺼냈다.
“이성 관계?”
왜 우리를 보고 그런 생각을 떠올린 건지는 알 수 없었지만 말이다.

"응. 사람은 부당한 대우를 받을 때도 원한을 품지만, 사건으로 이어지는 케이스는 치정 싸움이 계기가 될 때가 많잖아."

"아…… 넌 실제로 여자에게 찔릴 뻔했었지."

토니가 말하니까 묘하게 설득력이 있었다.

"잠깐, 아니거든? 지금은 한 명하고만 사귀고 있는데……."

"……그건 그것대로 위험하지 않아?"

토니에게 선택받지 못한 여자가 원한을 품을지도 몰랐다.

"……묘하게 현실감이 있으니까 그만 좀 해."

"미안. 장난이 지나쳤어."

"참 나…… 아무튼 마인이 된 카일 씨는 현자님과 도사님의 동창이었다잖아?"

"그랬지."

"그런데 결국 현자님과 도사님은 결혼까지 하셨어."

"응."

……아, 설마.

"실제로는 우리 할머니를 좋아했을지도 몰랐다는 거야?"

"그럴 가능성도 충분히 있잖아?"

우리 할머니를 사이에 두고 치정싸움…….

"난 무리야. 전혀 상상이 안 되고, 하고 싶지도 않아."

"그야 넌 가족인 데다 지금의 두 분밖에 모르니까 말야."

"예전 초상화를 본 저희들은 쉽게 상상이 가는군요."

"옛날엔 진짜 아름다우셨는걸~."

가족의 치정 싸움. 그것도 대상이 우리 할머니라고 하자 뇌가 거부반응을 일으켰지만, 마리아와 토르와 유리는 납득했다.

"하, 할머님은 아름답고 고결한 여자들의 우상일 뿐만 아니라, 남자들 사이에서도 현자님을 내조한 이상적인 여성상이기도 해요."

그제야 부활한 시실리도 대화에 끼어들었다.

"무서운 여자가 아니라?"

"뭐, 실제로 멜리다 님을 뵙고 나선 그 인상이 좀 바뀌었지만……."

"그야 신 님이 상대라 어쩔 수 없으셨던 게 아니겠소?"

"아하하! 하긴 그래!"

"틀림없어."

"은근슬쩍 내 험담으로 넘어가지 말아줄래?!"

마리아는 그렇다 쳐도 율리우스와 앨리스와 린은 이 틈을 타고 또 날 놀려대기 시작했다.

"그건 그렇고 확실히 납득은 됩다."

"그렇게 아름다우셨으니 고등학생 때는 분명 인기도 참 많으셨을 거예요. 그러니 카일 씨도 도사님께 연심을 품었을 가능성은 충분히 있었을 거라고 봐요."

마크와 올리비아도 토니의 의견에 찬성했다.

아니, 나를 제외한 전원이 찬성했다.

“카일 씨는 실은 도사님을 좋아했다. 하지만 도사님은 결국 현자님과 결혼하셨다. 그때부터 뭔가 좋지 않은 감정이 싹텄다고 봐도…….”

“이상하진 않겠군.”

다들 그 상황이 쉽게 상상이 됐는지 계속 의견을 주고받았다.

“그렇다 쳐도 학생 때잖아? 그걸 설마 성인이 돼서까지 질질 끌겠어?”

학생 시절의 연심 같은 건 보통 취직하거나 새로운 환경에 적응하면서 추억으로 바뀌기 마련이다.

하지만 마리아와 앨리스와 린은 그 말에 불만을 표했다.

“이래서 리얼충은…….”

“열받아!”

“첫사랑을 이룬 연애 승자가 그런 말을 할 자격은 없어.”

“왜 또 내 험담으로 넘어가는 건데!”

내가 대체 뭘 했다고!

“뭐 신 말대로 졸업하는 동시에 미련을 버리거나 다른 사랑에 빠져서 잊어버리는 게 보통이긴 하지.”

토니는 자기도 아직 학생이면서 묘하게 달관한 분위기로 말했다.

“역시 수라장을 헤쳐 온 남자의 발언은 설득력이 있는걸.”

"관계를 잘 정리해서 수라장까지 가진 않았거든?"

"그건 그렇고 실제로는 어떤데."

"이것 봐. 네가 괜한 소리를 하니까 표적이 나로 넘어왔잖아."

"그게 나 때문이야?"

왠지 이야기가 계속 탈선하는 것 같은 기분이 들었다.

"뭐, 지난 일이기도 하고 실제로 그게 사실이었다고 해도 어쩌겠어. 그런 가능성도 있었을 거라고 말해본 것뿐이야."

"그건 그래."

중요한 건 과거가 아니라 지금 현재 진행형으로 존재하는 마인이었다.

"하지만 그럼 아까 도사님께서 말씀하신 대로 슈투름이 마인이 된 이유가 신경 쓰이네요."

"토르. 중등학원 때 뭔가 짚이는 건 없었나?"

"없습니다. 딱히 접점도 없었으니까요."

"소인도 그러하외다."

"하긴, 놈이 진실을 말해줄 리도 없으니 당시를 조사해봤자 나오는 것도 없겠군."

그러고 보니 오그와 토르와 율리우스는 중등학원 당시의 슈투름을 알고 있었다.

"슈투름은 어떤 선생이었어?"

학생 사이에서 꽤 인기가 있었다는 이야기는 들은 적 있었다.

"글쎄. 마법을 잘 가르쳤다는 건 전에 말했던 대로야. 오히려 상대를 가리지 않고 가르침을 베푸는 게 더 수상하게 보일 정도였지."

오그는 그런 인상을 품었던 모양이다.

뭐, 실제로 그 예상은 적중했지만 말이다.

"그럼 보통은 좋은 선생이라고 생각하기 마련이잖아?"

"놈은 제국 귀족 출신이었어. 평민을 같은 인간으로 보지 않는 나라의 귀족이, 아무리 부유층이라지만 평민을 동등하게 대하는 건 아무래도 이상하잖아?"

아, 그랬었지.

제국에서 평민은 귀족에게 착취 당하는 대상이었고 동등한 인간으로 보지도 않았었다.

그러니 오그로선 당연히 위화감을 가질 만했다.

응? 잠깐만.

"슈트룸은 제국을 멸망시킬 정도로 증오했잖아? 신분차별이 존재하는 나라의 귀족이었는데도."

틀림없이 특권층이었을 테니 설령 후계자 싸움에 졌다고 해도 원망의 표적은 귀족들만이 되어야 했을 터.

그런데도 슈트룸은 평민까지 모조리 학살했다.

"그걸 모르겠으니까 지금 이렇게 고민하는 거잖아."

"하긴."

결국 진상은 미궁 속이었다.

우리는 그렇게 아무런 결론도 내지 못하고 해산했다.

◆

"아무것도 모르는 상태로 내버려두는 건…… 왠지 찜찜해."

다음날, 나는 볼일이 있어서 디스 아저씨를 만났다.

"하하! 하긴, 넌 예전부터 그랬지. 궁금한 게 생기면 알 때까지 철저하게 파헤쳐야 직성이 풀렸어."

"디스 아저씨도 과거의 마인에 대해 뭔가 아는 거 없어?"

"나도 멀린 님과 멜리다 님께서 말씀하신 것 외에는 모르겠군."

"그래?"

"자기주장이 약한 사람이었던 것 같더군. 멀린 님과 멜리다 님에게도."

자신의 솔직한 감정을 잘 드러내지 않는 타입이었다는 건가.

"하지만 그럼 왜 당시의 마법사단은 맥클린 씨가 마법사단 소속이었다는 걸 숨긴 거야?"

맥클린 씨가 마인이 된 정확한 이유를 모르는데도 당시의 마법사단은 결국 모든 것을 은폐했다.

내가 그런 의문을 표하자 디스 아저씨가 씁쓸하게 웃었다.

"맥클린 씨의 사정도 들은 거냐?"

"응. 상사가 공적을 가로채고 실수까지 뒤집어씌웠다면서."

“마인이 된 자가 마법사단 소속이라는 사실이 알려지면 당연히 그 경위도 조사해야만 해. 그럼 마법사단의 부패가 세간에 드러나겠지.”

“결국 보신 때문이었다는 거야?”

“그보다는…… 공표해야 한다는 의견도 있었다만, 마인 때문에 당시 군의 체제도 엉망이 됐거든. 그래서 최대한 빨리 혼란을 수습하기 위해 은폐할 수밖에 없다는 분위기로 흘러갔지.”

뭐, 사정은 이해가 됐다.

결과적으로 마인을 해치우긴 했지만, 당시의 알스하이드 국내는 큰 혼란에 빠져있었을 터.

그런 가운데, 국가 조직 중 하나인 마법사단의 신용이 땅에 떨어지는 것을 막고 싶었다는 뜻이다.

조직 단위의 은폐 공작이라. 역시 이쪽 세상도 사람이 하는 짓은 비슷하기 마련이었다.

“하지만 덕분에 마법사단과 기사단은 엄격한 감사(監査)를 받게 됐지. 더는 비리와 부당한 대우를 받는 이들이 없도록.”

“그러고 보니 오그도 그렇게 말했었어.”

조직이라는 건 이런 식으로 조금씩 개선되는 것일까.

지금 모든 게 순조로워 보이는 이 나라도 과거엔 여러모로 고생이 많았던 것 같았다.

“그보다 나한테 볼일이라는 건?”

디스 아저씨의 말에 내 의식이 현실로 돌아왔다.

아, 중요한 걸 깜빡할 뻔했다.

“응? 아, 슬슬 통신기를 일반용으로 팔아볼까 해서.”

“흠.”

“그러려면 대규모 설비 투자랑 인재 확보가 필요해. 그걸 국가에 맡겨보려고.”

“호오? 어째서?”

“지금 통신기는 한 쌍으로만 쓸 수 있잖아? 하지만 난 교환소를 만들어서 그 제한을 없애고 싶어.”

내가 생각한 건 통신기를 전화처럼 쓰는 거였다.

우리가 쓰는 무선 통신기처럼 통신기마다 고유 번호를 할당해서 교환소를 통해 다른 번호로 연결하는 식으로 바꾸는 것이다.

사실 교환소도 빼고 싶었지만, 아직은 기술력이 부족했다.

그래서 교환소를 만들면 거기서 일하는 직원도 필요하니 시설이 커질 수밖에 없고 인프라를 정비할 필요도 있었다.

게다가 이건 개인정보를 다루는 중요한 일이다.

그런 대사업을 일개 상회가 감당할 수는 없었다.

그래서 통신 사업은 국가에 맡기려고 오늘 이렇게 디스 아저씨를 찾은 것이었다.

“통신이 연결된 시간을 기록해서 그 양에 따라 요금을 차등으로 청구하는 거야. 기재는 우리 상회에서 맡겠지만, 운영은 국영으로 했으면 좋겠어. 통신료도 들어오니 국가로서도 이득일걸?"

난 설명을 마친 후 디스 아저씨의 반응을 기다렸다.

"흠. 초기 투자에 어느 정도 자본은 필요하지만, 그 후에는 회수하는 것뿐인가…… 용케도 이런 먹음직한 사업을 구상했구나, 신 군."

실제로 필요한 건 실비 투자와 인건비, 그리고 시간이 지난 후의 보수비용뿐이었다.

하지만 통신비라는 눈에 보이지 않는 요금은 지속적으로 유지 될 터.

정보 통신 산업은 한 번 선점하면 그야말로 돈이 열리는 나무였다.

"그건 그렇고 정말 괜찮겠나? 월포드 상회가 독점하면 더 이익이 막대해질 텐데 말이다."

디스 아저씨도 같은 생각에 도달했는지 다시 확인했다.

"그렇게 벌어봤자 딱히 쓸 데도 없어. 통신 사업으로 얻은 이익도 마인 소동이 완전히 종결되면 새로운 오락 분야를 개척하는 데 쓸 생각이었는걸."

"사치스러운 고민이군."

동감이다.

왕도에 처음 왔을 당시에는 용돈밖에 없어서 검 한 자루를 만드는 데도 엄청 고민했었는데 말이다.

"그리고 누구랑 누가 통화하는 지도 알 수 있잖아? 그런 정보를 일개 상회가 독점했다간 이상한 오해가 생길지도 몰라."

"그 말대로다. 이익은 충분할 것 같으니 운영은 국가가 맡겠다고 약속하마."

"고마워. 부탁할게."

"후후, 그건 내가 할 말이지. 덕분에 지속적으로 막대한 이익이 들어올 테니 말이다."

디스 아저씨는 기꺼이 제안을 받아들였다.

이제 남은 건 통신기에 착신을 알리는 기능을 추가하는 것과 교환소 설비를 개발하는 것뿐이다.

"아무튼 그렇게 됐으니 사장님. 통신기 개량이랑 교환소 설비 개발 쪽은 부탁드릴게요."

"그, 그래. 그건 상관없다만……."

"응?"

빈 공방의 사장님이 말꼬리를 흐렸다.

내가 의아한 눈으로 바라보자, 사장님은 내 어깨를 덥석 움켜잡더니 귀에 대고 속삭였다.

"왜 이런 국가 규모의 프로젝트에 날 동석시키는 거냐고!"

"그치만 그 설비를 만드는 건 사장님이잖아요?"

"그건 그렇다만! 그냥 발주만 해도 상관없잖아!"

"하지만 개요도 같이 듣는 편이 개발할 때도 수월하잖아요?"

"그, 그것도 그렇지만…… 아니, 그게 아니라!"

뭐지?

"왜 그 이야기를 하필 우리 공방에서 하는 거냐고!"

사실 우리가 있는 곳은 왕성이 아니라 빈 공방의 응접실이었다.

그래서 사장님도 계속 나와 디스 아저씨의 이야기를 듣고 있었다.

이렇게 된 이유는 디스 아저씨가 평소처럼 우리 집에 놀러 온 것을 보고 마침 좋은 기회다 싶어서 빈 공방으로 데려왔기 때문이다.

결국 사장님과도 똑같은 이야기를 해야 하니 겸사겸사 해치우는 편이 좋잖아?

내가 그렇게 말하자 사장님은 침통한 얼굴로 머리를 감싸 쥐었다.

"겸사겸사 해치운다니…… 이 분은 폐하잖아! 국왕 폐하라고! 넌 그런 분을 왜 이렇게 스스럼없이 대하는 건데!"

"아, 공방주. 신 군과 난 늘 이런 식이니까 너무 신경 쓰지 말게."

"아, 옙!"

오, 험상궂은 인상의 사장님이 전혀 기를 못 썼다.

이런 반응을 보니 디스 아저씨가 국왕이라는 게 조금 실감이 됐다.

"이야기는 이걸로 끝인가. 그럼 슬슬 목욕 좀 하고 찬 에일도 마시고 싶으니 너희 집에 데려다주면 고맙겠다만."

하지만 역시 이럴 때는 친척 아저씨 같았다.

도무지 위엄이라 할 만한 게 느껴지지 않았다.

"난 상관없는데, 그러고 보니 맨날 우리 집에 있네? 줄리아 아주머니는 혼자 내버려둬도 괜찮아?"

"아, 그 녀석은 지금쯤 메이를 데리고 클로드령에 가 있을 거다."

"시실리네 영지에?"

"거기에 왕족의 별장이 있거든. 아우구스트에게 게이트를 써달라고 하더군. 온천이 피부에 좋다면서."

오그도 집에선 택시 기사 취급을 받고 있는 모양이었다.

역시 이건 게이트 마법 사용자인 운명이 아닐까 싶었다.

"그럼 사장님. 나중에 자세한 이야기를 하러 또 올게요."

"후우…… 알았으니까 얼른 폐하나 모셔다드려. 기다리시게 하지 말고."

"그럼 공방주. 잘 부탁하네."

"예! 알겠사옵니다, 폐하!"

게이트를 통해 우리 집으로 돌아오자 디스 아저씨가 말을 걸었다.

"그러고 보니 공방주 앞에선 말하지 못했다만, 마석이 검증 결과를 뒷받침하고도 남을 정도로 대량으로 채굴됐다더구나.”

“아, 그런가요.”

“뭐냐, 그 맥 빠지는 대답은. ……이건 세기의 대발견이라고? ……하긴, 직접 마석을 창조할 수 있는 네가 보기엔 별것 아닐지도 모르겠다만.”

그보다는 얼마 전까지만 해도 마석의 존재조차 몰랐으니 얼마나 가치가 있는지 실감이 잘 가지 않는 것에 가까웠다.

“이 검증 결과를 마법 학술원을 통해 전 세계에 발표하마. 이걸로 마도구 개발도 단숨에 진척을 보이겠지.”

“그럼 다행이겠지만.”

“아, 다녀왔어. 할머니.”

“그래, 어서 오렴.”

디스 아저씨와 마석에 관한 이야기를 나누고 있자 할머니가 끼어들었다.

역시 마도구 개발의 1인자로서 신경이 쓰였던 걸까?

“요즘 마도구 업계는 현 상황에 만족하는 경향이 있었으니 말이지. 그 증거로 최근에 새로 발명된 마도구는 네 발명품뿐이었단다.”

할머니는 요즘 업계에 불만이 있는 모양이었다.

“그럼 마석도 대량 유통되기 시작할 테니 할머니도 다시 개발을 시작할 거야?”

과거의 악조건에서도 인류의 생활을 크게 개선시킨 마도

구들을 발명한 할머니라면 다시 새로운 발명품들을 만들어 내도 이상할 게 없었다.

하지만 할머니는 그 자리에서 부정했다.

"내가? 농담은 적당히 하렴. 나 같은 늙은이가 나서봤자 업계의 발전엔 전혀 도움이 안 돼. 이런 건 젊은이들이 스스로 해야 하는 거란다."

"그런가?"

"그 젊은이들의 선두주자가 지금 무슨 소릴 하는 거니? 앞으론 네가 업계를 이끌어나가야지."

"내가?"

"……역시 없었던 걸로 하자. 너한테 맡겼다간 업계 그 자체가 엉망이 될지도 모르겠어."

"잠깐! 그게 무슨 뜻이야!"

"말 그대로야! 너…… 혹시 또 엉뚱한 마도구를 만들려는 건 아니겠지?"

사람을 실컷 비행기 태우다 떨어트리는 건 좀 너무하지 않아?

하지만 실제로는 전생에서 편리했던 물건을 재현하고 싶었다.

그 중 전화기를 대신하는 통신기를 완성했고 남은 건…….

"자동으로 움직이는 이륜차나 사륜차라든가?"

"하아, 역시 생각해둔 게 있었군. 미리 말해두지만, 그건 금지야. 말을 생산하는 목장이나 업자들이 파산할 테니까."

요즘 교통수단의 주류는 마차다.

말의 체력을 회복시키는 마도구가 있을 정도니 자동으로 주행하는 탑승물을 만들려는 발상 자체는 없다고 봐도 좋으리라.

그래서 말을 생산하는 업자나 관련 업계에 종사하는 사람이 잔뜩 있는데 내가 자동차를 만들어버리면 그들이 길바닥에 나 앉을 것은 불보듯 뻔했다.

"아무리 나라도 그 정도는 알아. 그보다 근본적인 문제가 있어서 아직 무리야."

"근본적인 문제?"

"강력한 브레이크가 없더라고."

마차도 움직이는 물건이라 멈추려면 브레이크가 필요했다.

하지만 현행으로 쓰이는 브레이크는 차축에 철봉을 마찰시켜서 멈추는 방식밖에 없었다.

적어도 디스크 브레이크나 드럼 브레이크가 없으면 오토바이나 자동차를 멈추는 건 무리였다.

솔직히 유통시키는 건 무리여도 개인용은 만들고 싶었는데 말이다.

"……그게 있으면 만들 생각이었던 거니?"

"응. ……아."

아차.

나도 모르게 긍정하고 말았다.

유도 신문이라니 너무해!

"넌…… 자동차보다 네 머리에 브레이크부터 걸어!"

"나이스 말장난!"

"말장난 아니거든?! 너란 애는 정말!"

으아, 오늘도 할머니는 무서웠다.

이런 무서운 할머니를 사이에 두고 쟁탈전을 벌였다니 역시 믿을 수가 없었다.

젊을 때는 지금이랑 달랐던 걸까?

"뭐, 뭐니. 갑자기 사람 얼굴을 빤히 쳐다보곤."

"응? 아, 아무것도 아니야."

왠지 신경이 쓰여서 혼나는 와중에도 얼굴을 응시하고 말았다.

하지만 실제로는 어땠을까?

"어제 나눈 이야기가 신경 쓰이시는 건가요?"

"아, 시실리. 고마워."

"폐하도 드세요."

"오, 미안하군. 시실리 양. 잘 마시겠네."

할머니가 설교를 멈춘 타이밍에 시실리가 차를 쟁반 위에 들고 돌아왔다.

"어제 나눈 이야기?"

"응. 실은 어제 내 방에 가서 애들이랑 이야기를 좀 더 해봤는데…….”

디스 아저씨에게 어제 토니가 추측한 내용을 밝히자, 할머니가 당황했다.

“글쎄…… 카일에게 그런 이야기를 들은 적은 없다만…….”

“할아버지는?”

“나도 없었단다.”

둘 다 부정했다. 역시 지나친 생각이었나 보다.

“하지만…….”

“응?”

할아버지가 뒷말을 이었다.

“카일은 자기주장이 약한 녀석이라 어쩌면 그런 속마음을 숨기고 있었던 걸지도 모르겠구나.”

“어? 진짜?”

어쩌면 그런 고민이나 불만 등을 쌓아두고만 있다가 한계가 온 걸지도…….

하지만 이어서 예상치 못한 이야기가 나왔다.

“이 녀석은 지금은 이렇게 무서운 할머니가 됐지만 옛날에는 좀 더 귀여운 구석이 있어서 인기도 제법 있었으니 말이다.”

“오…… 의외네.”

“후배 여학생이 언니라고 부르면서 졸졸 따라다니고 했었지.”

“언니!”

이런, 하마터면 뿜을 뻔했다.

"시, 신 군."

"응?"

"당신들……."

할아버지와 내가 신이 나서 떠들고 있자, 갑자기 뒤에서 할머니의 음산한 목소리가 들렸다.

당사자는 화가 나다 못해 어깨까지 부들부들 떨고 있었다.

"적당히 좀 해!"

역시 무섭잖아!

이런데 옛날엔 귀여운 구석이 있었다니 도저히 믿을 수가 없었다.

제3장 쇼핑은 만만치 않아

우리 할머니가 소싯적에는 인기가 많았다는, 솔직히 손자로서는 엄청 부담스러운 이야기를 들은 며칠 후.

우리 얼티밋 매지션즈는 토르의 가문이 다스리는 영지인 프레겔시(市)를 방문했다.

일단 본인이 사양했기에 마크를 제외하고 나, 시실리, 마리아는 생일이 거의 비슷해서 같은 날에 합동 생일 파티를 열기로 했다. 그것도 요즘 마인의 출현으로 만연해진 자숙 분위기를 풀기 위해 아주 성대하게 말이다.

그래서 당연히 선물을 사러 가자는 이야기도 나왔다.

하지만 문제가 하나 있었다.

다들 왕도에서는 지명도가 폭증한 데다 얼굴까지 알려져 있다 보니 선물을 사러 나가는 게 거의 불가능했다.

그렇게 선물을 사고 싶어도 거리로 나갈 수 없는 딜레마에 빠진 순간, 내 머릿속에 번뜩이는 아이디어가 떠올랐다.

게이트를 써서 다른 도시에 가면 되는 거 아니냐고.

다들 왕도에서 거주 중인 탓에 얼굴까지 알려졌지만, 다른 도시라면 이름은 몰라도 얼굴까진 알 리 없었다.

아직 사진이나 TV도 없는 시대이니 당연했다.

그러니 다른 도시에서라면 느긋하게 쇼핑을 즐길 수 있을 거라고 제안하자 여성진이 적극 찬성했고, 바로 방문할 도시를 선정하기 시작했다.

먼저 시실리네 영지와 율리우스네 영지는 관광지라 주로 관광객들을 위한 선물을 팔고 있으니 제외.

마리아네 영지는 항구 도시라 풍취는 있지만 이렇다 할 명산품은 없다는 모양이었다.

물론 수입품은 있지만, 지역 특산물은 거의 없다든가 뭐라든가.

그리고 토르네 영지는 원래 기술자들이 많기로 유명한 도시라고 한다.

덕분에 프레겔시의 공예품은 그 도시 자체가 브랜드라고.

목공, 철물, 장식품, 옷, 잡화 등.

거의 대부분의 분야에서 유명한 브랜드가 존재하기에 여자라면 반드시 한 번쯤 가보고 싶은 도시라는 모양이다.

그래서 내가 말을 꺼낸 순간 다들 내심 이곳으로 결정한 것 같았지만, 막상 와보니 후회가 됐다.

그 이유는…….

"여자애들은 도시 전체를 보고 다닐 생각인 걸까……."

"토르. 왜 하필 이런 성가신 도시를 만든 거지?"

"폐하. 그 말씀 좀 너무하신 거 아닙니까?"

"미안, 농담이다. 그건 그렇고 이 도시에 체재하는 동안에는 여자들과 개별 행동을 취하고 싶다만……."

"……무리일 겁다."

우리 남자들이 끙끙대는 이유.

그것은 왕도에서도 유명한 브랜드의 본점이 빼곡하게 늘어선 프레겔시를 앞에 둔 순간 여자들의 콧김이 일제히 거칠어지는 모습을 목격했기 때문이다.

우리를 끌고 다니면서 유명한 가게들을 구석구석까지 들쑤시고 다니는 광경이 눈앞에 선명히 떠오를 정도였다.

그렇게 우리가 게슴츠레한 눈으로 시선을 돌리자, 평소의 멤버에 세 명이 추가된 여자들이 눈에 들어왔다.

"토르야, 나랑 같이 돌아다니자. 안내해줄래?"

"카, 카렌 누나. 다들 보고 있으니까 좀……."

토르의 약혼자인 크레인 남작 영애 카렌 폰 크레인 씨.

우리보다 두 살 연상에 웨이브 진 밝은 갈색머리를 허리까지 기른 섹시한 누님이었다.

그리고 카렌 씨는 어릴 때부터 작고 귀여웠던 토르에게 한눈에 반해서 꽤 적극적으로 구애했다든가 뭐라든가.

토르 본인도 어릴 때부터 귀여워해준 누나를 잘 따라서 둘 다 무척 사이가 좋아 보였다.

어릴 때 버릇으로 아직도 누나라고 부르는 데다 카렌 씨도 나이를 먹어도 키가 별로 크지 않은 토르가 귀여워서 어쩔 줄 모르는 눈치였다.

조금 전부터 뒤에서 토르를 끌어안고 꽁냥거리는 중이었다.

토르는 그게 부끄러운지 얼굴을 붉히고 있었다.

하지만 이유는 그것뿐만이 아니리라.

사실 두 사람의 키는 카렌 씨 쪽이 훨씬 컸다.

그래서 뒤에서 껴안으면 어떤 부위가 뒤통수에 닿을 수밖에 없었다.

남들 앞에서 꽁냥거리는 건 부끄럽지만, 뒤통수에 닿는 감촉이 기뻐서 거부하지 못하는 게 현재 토르의 솔직한 심정이 아닐까 싶었다.

"토르도 남자였구나……."

"그, 그게 무슨 뜻이죠? 신 님?"

"후후, 의외네. 고지식한 토르 군이 실은 이런 응석꾸러기였다니."

"노, 놀리지 마세요! 플레이드 님!"

"우훗, 다들 사이가 좋네? 토르랑 친하게 지내는 것 같아서 이 누나도 기뻐."

나와 토니가 토르를 놀리자 카렌 씨가 기뻐했다.

"토르는 전하의 측근이잖아? 늘 전하의 곁에서 떨어질 수 없으니까 대등한 친구는 못 사귈 줄 알았거든."

"너무해, 오그."

"잠깐. 거기서 왜 날 언급하는 거지?"

"아, 아닙니다! 결코 전하께 불평하려는 의도는 아니었어요!"

내가 비난하자 오그는 불만스러운 표정을 지었다.

그러자 그걸 본 카렌 씨가 기겁해서 필사적으로 변명했다.

얼마나 당황했냐면 토르를 끌어안은 팔을 풀지도 않을 정도였다.

왠지 좀 기묘한 광경이었다.

하지만 본인도 도중에 눈치챈 건지 토르에게서 몸을 떼고 정중하게 신하의 예를 표했다.

"토르의 역할은 저도 충분히 이해하고 있답니다. 그래서 그런 상황에서도 이렇게 대등한 친구들이 생긴 게 더 기뻐서……."

"카렌 누나. 그렇게 딱딱하게 굴 건 없어요. 전하께선 마음이 넓은 분이시니까요."

왕태자의 심기를 건드렸다고 오해한 카렌 씨가 필사적으로 변명하자 토르가 그렇게 다독였다.

하긴, 저런 식으로 말하면 정말로 화가 나도 화를 낼 수 없겠지.

역시 토르도 제법 책사였다.

"……신. 토르는 이런 식으로 말하는 녀석이 아니었다고? 대체 어떻게 책임질 거냐."

"왜 또 마지막엔 나한테 책임을 넘기는 건데……."

"그게 수습하기 편하거든."

"그런 이유였어?!"

"풋! ……후훗."

오랜 의문이 해결된 순간, 카렌 씨가 웃음을 터트렸다.

빙금 웃을 만한 포인트가 있었나?

"굉장하네, 월포드 군. 전하와 그런 식으로 대화를 나눌 수 있다니."

"그런가요?"

그치만 오그인걸.

"전부 널 만난 덕분일 거야. 토르에게 속을 터놓을 친구가 생긴 것도. 토르가 우리나라의 영웅이 된 것도."

"전자는 동의하지만, 후자는 본인의 노력 덕분인데요."

"후훗, 그런 걸로 해둘게. 하지만 내가 너에게 감사하고 있다는 건 알아두렴."

"예에……."

친구의 약혼자에게 감사를 받으니 왠지 등이 근질거렸다.

"카렌 님 말씀대로입니다. 저도 월포드 님께는 감사하고 있사옵니다."

"사라 씨까지."

그러자 이번에 새로 참가한 두 번째 여성이 대화에 끼어들었다.

놀랍게도 율리우스의 약혼자인 캠밸 백작 영애 사라 폰 캠벨 씨였다.

머리 위로 단정하게 묶은 금발, 눈꼬리가 약간 날카로운 벽안, 모델 같은 체형이 인상적인 아가씨였다.

캠벨가는 대대로 우수한 기사를 배출하는 명가라 사라 씨는 어릴 때부터 무가의 여식다운 교육을 받으며 자랐다고 한다.

그래선지 마치 남편을 돋보이게 하려는 것처럼 지금도 율리우스의 대각선 뒤에 서 있었다.

언뜻 보기에도 옛날의 무사 부부 같은 모습.

둘 다 금발벽안인 데다 율리우스는 우락부락한 근육질, 사라 씨는 모델 같은 체형이라 위화감이 어마어마했지만 말이다.

"제 부군인 율리우스 님께서 이런 용명을 떨친 것은 전적으로 월포드 님 덕분. 그러니 몇 번을 감사드려도 한이 없사옵니다."

무사의 아내! 라고 태클을 걸고 싶은 걸 필사적으로 참았다.

그건 그렇고 율리우스도 그렇고 미셸 씨도 그렇고 기사는 다들 이런 괴짜밖에 없는 걸까?

"아니, 뭐 사실 개인적으로 율리우스는 저 때문에 진로가 엉뚱한 방향으로 틀어진 게 아닐까 걱정했는데요……."

원래는 크리스 누나나 미셸 씨 같은 사람에게 지도를 받고 기사가 되어야 했겠지만, 마법학원에 다니다 보니 결국 배우는 건 마법이 주류라 이런 위화감밖에 느껴지지 않는 머슬 마법사가 되고 말았다.

“그, 그건 저기…… 가능하면 기사로서 대성해주길 바랐사옵니다만…….”

“아, 역시?”

“하오나 그건 제 욕심이겠지요. 원래의 목표와 조금 어긋났다 해도 결국 영웅으로 칭송받게 되셨으니 그 수단 따윈 사소한 문제이옵니다.”

“진심으로요?”

“예.”

다행이다. 진심으로 감사하는 모양이었다.

예의를 많이 차리는 말투가 신경 쓰였지만, 평소에도 항상 이런 식인 것 같으니 그냥 말을 놔달라고 해봤자 본인에게는 폐가 될 것 같아서 참았다.

“사라. 신 님을 곤란하게 하지 마시오.”

“죄송하옵니다, 율리우스 님.”

“음, 신 님. 미안하게 됐소이다.”

“아니, 난 딱히 신경 안 쓰는데…….”

역시 무사 부부 같았다.

대화를 들으면 들을수록 위화감만 계속 커졌다.

다른 멤버들은 태도가 약간 고풍스럽다는 감상인 것 같았지만, 나에겐 마치 금발벽안의 외국인이 눈앞에서 시대극을 연기하는 것처럼 보여서 견딜 수가 없었다.

내가 속으로 마음을 가라앉히며 그 위화감 넘치는 커플

에게 다시 시선을 돌린 순간.

"저, 저기요! 전 대체 왜 여기 있는 건가요?!"

마지막 신 멤버가 그렇게 외쳤다.

"너만 따돌리면 불쌍하니까?"

"토니 군?! 오늘은 같이 쇼핑 가기로 한 거 아니었어?!"

"쇼핑인데?"

"그, 그건 그럴지도 모르겠지만! 이, 이런 사람들이랑 같이 간다는 건 못 들었거든?!"

"이런 사람이라 미안하게 됐군."

"히익?! 아, 아니에요! 그런 뜻이 아니었어요, 전하! 이런 『굉장한』 사람들이라는 뜻이었다구요!"

토니의 여친 릴리아 잭슨 씨가 눈물을 글썽이며 오그에게 오체투지로 사죄했다.

"농담이다."

"전하. 제 여친을 너무 놀리지 마세요. 앤 진짜 일반인이니까요."

"음. 요즘 이 멤버로 다니면 내가 왕족이라는 사실을 그만 깜빡하는군."

"그건 그것대로 문제라고 말씀드렸잖습니까."

오그는 자신의 신분을 망각하고 일반인을 놀렸다는 사실을 반성했다.

하긴, 일반인이 눈앞에서 왕족에게 저런 말을 들으면 눈앞이 깜깜해지는 게 당연하리라.

다들 정말 감각이 너무 마비된 거 아닌가.

"안심하세요, 릴리아 양. 아우구스트 님의 장난이니까요."

"저, 정말이죠?!"

"예, 제가 나중에 잘 말씀드릴 테니 자. 어서 일어나세요."

"가, 감사합니다! 엘리자베트 님!"

에리는 진심으로 몸을 떨면서 우는 릴리아 씨에게 손을 내밀었다.

코를 훌쩍이며 일어서는 그 모습을 본 오그도 여자를 울린 것에 죄책감을 느꼈는지 사과했다.

"미안하다, 잭슨. 우리끼리는 늘 이런 식이라 나도 모르게 평소처럼 대하고 말았군. 용서해다오."

"아, 아아아아아니옵니다! 괘괘괘괘념치 마시옵소서!"

그건 그렇고 참 신선한 반응이었다.

평소에는 오그가 왕족답게 대접받는 모습을 볼 기회가 거의 없었으니 말이다.

"하지만 릴리아 양. 릴리아 양도 익숙해지는 편이 좋을걸요?"

"이, 이번에는 성녀님?! 예? 익숙해지는 편이 좋다구요?"

왕태자와 그의 약혼녀인 공작 영애, 그리고 요즘 들어서 성녀로 이름이 알려진 시실리까지 말을 걸자 릴리아 씨는 더욱더 위축될 수밖에 없었다.

하지만 시실리는 이런 상황에 익숙해질 필요가 있다고 말했다.

"그치만 얼티밋 매지션즈는 학교를 졸업한 후에도 계속될 거잖아요?"

"그, 그건……."

"그러니 릴리아 씨가 토니 씨랑 결혼하면 저희도 배, 배우자 간의 교류가 생길 테니까요."

"겨! 겨겨겨?!"

"겨?"

"결혼?!"

"예."

배우자라고 말하는 게 부끄러워서 말을 더듬는 시실리가 귀여웠다……가 아니라.

그런가. 앞으로도 이렇게 알고 지내야 할 테니 이 틈에 익숙해지라는 뜻이었나 보다.

"그, 그런, 결혼이라뇨! 전 아직 학생인걸요! 너무 일러요!"

하긴 이게 평범한 반응이리라.

학생일 때 결혼을 고민하는 건 귀족이나 할 법한 일이다.

토니와 릴리아 씨는 평민이니 지금까지 그런 걸 염두에 두지 않았어도 이상할 건 없었다.

하지만 이젠 토니가 평범한 일반인이 아닌 게 문제였다.

"그런가요? 토니 씨라면 이젠 결혼해도 괜찮을걸요? 알스하이드의 영웅인 데다 그 무기의 판매 수입이 굉장하다고 들었는데요."

"예? 그런가요?"

"신 군, 매달 수입이 어느 정도 들어오나요?"

"글쎄? 요즘 계좌를 확인해본 적이 없어서."

"신 군……."

앗, 시실리의 어이없어 하는 시선을 받고 말았다.

"나 참. 자기 재산에 관심 좀 가져주세요. 그런 건 쌓아두기만 하면 안 되는 거라구요."

"그런 거야?"

"그럼요."

만드는 것 자체가 즐거워서 수입 쪽에는 전혀 관심을 두지 않았다.

쓸 곳도 없는 데다 쓸 시간도 없었고.

앞으로는 통신 사업도 일으켜야 하니 그런 경향이 더더욱 강해질 것 같았다.

"그럼 토니 씨. 어느 정도인가요?"

"평균 연봉 정도?"

"그, 그것 보세요! 역시 아직 이르잖아요!"

응? 평균 연봉 정도의 수입이면 결혼 생활을 보내기엔 충분하지 않나?

아, 릴리아 씨가 딱히 돈을 밝히는 게 아니라 시실리가 처음에 수입이 굉장하다고 해서 약간 오해가 생긴 모양이었다.

"1년에요?"

"아니, 한 달에."

"어?"

시실리가 대화가 묘하게 어긋나는 것을 깨닫고 그렇게 묻자, 토니는 한 달 수입이 대략 그 정도라고 밝혔다.

오, 그렇게 많이 들어오나.

아, 릴리아 씨가 완전히 굳어버렸다.

"내구성을 떨어트린 양산품이라 그런지 매달 납품양이 상당한 것 같더라고."

"그래?"

"신 군……."

앗, 또 어이없어 하는 시선을 받고 말았다.

"그러니 적어도 돈 걱정은 하지 않으셔도 될 거예요."

"그, 그치만…… 결혼은 아직 미래의 일이라고 생각했는데…… 갑자기 그런 건……."

하긴, 이게 평범한 생각이리라.

"시실리 양. 저희를 기준으로 생각하면 안 돼요. 개인마다 나름대로의 페이스가 있는 거라구요."

"아, 그렇겠네요. 에리 양. 요즘 에리 양과 그런 이야기만 나누다 보니 저도 모르게……."

요즘 같이 결혼식을 올릴 예정인 에리와 웨딩드레스다 뭐다 하는 이야기만 하다 보니 다른 여자들도 자신들과 비슷할 거라고 오해했던 모양이다.

릴리아 씨가 당황하는 것도 당연했다.

고등학원에 진학하지 않고 자립한 사람들 중에는 십대에 결혼하는 경우도 있는 것 같지만, 그건 무척 보기 드문 케이스라 한다.

아무리 직업이 있어도 초기에는 수입이 적기 마련이라 보통 결혼을 인식하는 건 20대 전후부터라고 들었다.

아직 십대 중반인 릴리아 씨에게 결혼은 아직 먼 미래의 일인 것이다.

거기다 그녀는 고등 경법학원을 다녀서 그런지 외모도 안경을 쓰고 빨간 머리를 포니테일로 묶은 우등생 같은 인상이었다.

이쪽도 경박해 보이는 토니와 같이 있으니 위화감이 장난 아니었다.

우등생과 불량 학생 커플 같은 느낌?

내가 그렇게 외모를 관찰하고 있자, 에리도 비슷한 인상을 받았는지 갑자기 이런 말을 꺼냈다.

"거기다 릴리아 씨는 스타일을 봐선 경력을 쌓기 원하시는 걸로 보이니까요."

"스타일?"

"멜리다 님을 따라하신 거죠? 그 모습."

"할머니를?"

그게 무슨 뜻일까.

"아, 예! 그 말씀대로예요!"

그러자 조금 전까지 쩔쩔매던 릴리아 씨가 갑자기 기쁜 얼굴로 고개를 끄덕였다.

그 반응에 내가 당황하자, 에리가 추가로 설명했다.

"경법학원의 여학생 중에 많거든요. 포니테일에 안경 스타일. 특히 빨간 머리는 거의 다 그렇다고 들었답니다."

"예! 저도 빨간 머리로 태어나서 다행이에요!"

"아, 그게 우리 할머니를 따라한 거였어요?"

"어? 월포드 씨는 모르셨어요?"

릴리아 씨가 더 놀란 얼굴이었다.

난 우리 할머니가 무서운 사람이라는 것밖에 모르는 데 말이지.

아니, 솔직히 다들 관심이 지나친 게 아닐까 싶었다.

"신은 얼마 전까지만 해도 현자님과 도사님이 영웅이라는 것조차 몰랐거든. 그냥 평범한 할아버지 할머니로 대하면서 자랐다나 봐."

"아, 그랬구나."

그랬습니다.

토니의 설명을 듣고 그제야 납득한 릴리아 씨는 눈을 반짝이며 할머니 이야기를 하기 시작했다.

"도사님은 여자의 몸으로 민중의 생활을 윤택하게 해주는 마도구를 잔뜩 발명해서 이 알스하이드뿐만 아니라 전세계의 존경을 받는 분이세요. 장래에 사회 진출을 꿈꾸는 여자들의 우상이죠!"

"거기서도 존경받고 있는 건가."

"예. 그런 도사님께서 특히 활약하셨던 시절의 초상화로 그려진 게 바로 이 포니테일에 안경을 쓴 늠름한 모습이라구요."

"흐음."

"흐음 이라니…… 설마 그것도 본 적 없는 건가요?"

열변을 토하던 릴리아 씨가 이번에는 어이 없는 표정을 지었다.

내가 알 리가…… 아니, 잠깐만.

"아…… 그러고 보니 어딘가에서 한 번 본 것 같은 기억이……."

"크루트의 서점이었어요. 그리고 바로 소동이 일어나서 깜빡한 게 아닐까요?"

아, 그랬었다. 시실리의 보충 설명 덕분에 겨우 기억이 났다.

서점 앞에 붙은 초상화를 보고 이게 대체 누구냐고 놀랐었다.

내가 아는 할아버지와 할머니의 모습과 너무 동떨어져 있어서 본인들의 젊었을 적 모습이라고 들어도 도무지 납득할 수 없었다.

“적어도 겉모습이라도 닮으려고 도사님의 스타일을 따라 하는 여자가 많아요.”

“눈이 나쁘지 않은데도 패션으로 안경을 쓰는 사람도 있다고 들었어요.”

“릴리아 씨도?”

“전 도수 있는 안경이에요!”

패션 안경이냐고 묻자 엄청 화를 냈다.

아무래도 이 스타일에는 도수가 있고 없느냐가 중요한 모양이었다.

“전 빨간 머리에 눈도 나빠요. 이건 이미 도사님의 후계자라고 봐도 과언이 아니죠!”

“아니, 눈이 나쁘고 빨간 머리라는 것만으로 후계자라고 하는 건 좀…….”

아무리 할머니를 존경해도 정도가 있지.

바쁘게 표정을 바꾼 릴리아 씨는 마지막으로 눈을 빛내며 우리 할머니에 대한 끝없는 존경심을 드러냈다.

하지만 그 순간, 앨리스가 특대 폭탄을 투하했다.

“후계자? 그러고 보니 유리는 『도사님의 후계자』라는 말을 들었었지?”

“도, 도사님의 후계자……?”

그러자 릴리아 씨는 연료가 떨어진 로봇 같은 부자연스러운 움직임으로 유리를 돌아보았다.

눈동자에도 광채가 사라져 있었다.

"아, 아하하…… 으음, 그런 적도 있긴 했지~?"

그 위험한 시선에 유리가 식은땀을 흘리며 질겁했다.

하지만 그 대답을 들은 순간, 릴리아 씨는 그 자리에 힘없이 무릎을 꿇고 말았다.

"그, 그럴 수가…… 나야말로…… 나야말로 도사님의 후계자가 될 예정이었는데……."

완전히 넋이 나간 상태였다.

유리에게 할머니의 후계자 칭호를 뺏긴 게 그만큼 충격이었나 보다.

"유리는 마도구 제작에 재능이 있어. 도사님도 인정하셨어. 지금 마인령의 마물 토벌에 대여한 공격용 마도구도 유리가 만든 거야. 그러니 후계자가 틀림없어."

거기다 린까지 상세한 설명으로 최후의 일격을 날리자, 릴리아 씨가 갑자기 엉뚱한 나에게 달려들었다.

"으헉?!"

까, 깜짝이야!

"월포드 씨! 왜 월포드 씨가 공격용 마도구를 만들지 않은 거죠?! 도사님의 손자인 데다 이미 칭호도 잔뜩 갖고 있는 월포드 씨라면 도사님의 후계자라는 칭호를 받지 않았을 텐데!"

"왜 나한테 책임을 전가하는 건데!"

너무 필사적이라 무서워!

하지만 그 말을 들은 순간, 다른 멤버들의 안색이 창백해졌다.

"월포드 군이 공격용 마도구를 만들면…… 상상하기도 싫어."

"그런 걸 일반 병사한테 맡길 수 있을 리 없잖아요."

"이번엔 그 마도구를 손에 넣은 자가 세계 정복을 노릴지도 몰라. 그런 물건을 함부로 만들게 내버려둘 수도 없고, 빌려주는 건 언급할 가치도 없어."

"그, 그 정도예요?"

린이 생각하는 것 자체를 거부하고, 토르가 핀잔을, 그리고 오그가 경종을 울리자 릴리아 씨는 눈을 휘둥그레 떴다.

다들 너무해.

"릴리아. 신에게 공격용 마도구를 만들라는 건…… 세계를 멸망시킬지도 모르는 대규모 파괴 병기를 만들라는 거나 다름없는 뜻이야."

"대, 대규모 파괴 병기……."

토니가 그렇게 설득하자 릴리아 씨는 숨을 삼켰다.

"그런 건 안 만들 거거든?!"

아, 정말로 믿어버리면 어쩌려고 그래!

"『못』 만드는 게 아니라 『안』 만드는 거군요……."

그러자 토르가 쓸데없는 해석을 늘어놓았다.

"야, 신. 진심으로 그만둬. 이건 장난 아니다? 정말 장난이 아니라고!"

그리고 오그는 요즘 자주 보는 필사적인 표정으로 말렸다.

대규모 파괴 병기.

그야 만들려면 못 만들 것도 없었다.

내 어설픈 과학 지식으로도 이런 절대적인 위력을 발휘하는 마법만 봐도 예상할 수 있겠지만, 그 금단의 무기도 충분히 만들 수 있으리라.

심지어 이미지하는 것만으로도 폭발에 지향성까지 부여할 수 있었다.

절대로 써선 안 되는 금단의 병기를 나라면 제한된 대상에 사용할 수 있을지도 몰랐다.

하지만 이걸 만들었다간 정말로 『파괴의 마왕』이라는 칭호까지 받게 되리라.

아무리 대상을 제한한다고 해도 그 파괴력은 그야말로 상상을 초월하는 수준이다.

만약 이 병기가 세상에 퍼졌다간 우스갯소리가 아니라 정말로 세계가 멸망할지도 몰랐다.

그래서 난 무슨 일이 있어도 그것만큼은 만들지 않겠다고 결심했었다.

"안심해, 오그. 내가 그 마도구를 만드는 일은 절대로 없을 테니까. 절대로."

"믿는다."

"응."

오그에게 그렇게 맹세한 후 이 이야기는 여기서 접기로 했다.

밖에서 할 만한 이야기도 아니고 말이지.

그렇게 위험한 화제가 끝나자 릴리아 씨는 분한 얼굴로 혼잣말을 중얼거렸다.

"제길…… 역시 마도구 제작자가 유리할 수밖에 없겠지. 나한테도 마법사의 재능이 있었다면……."

"아, 아하하……."

유리도 쓴웃음밖에 안 나오는 모양이었다.

처음 봤을 땐 평범한 사람이라는 인상이었는데 정말 예상 밖의 다크호스였다.

"그, 그런 그렇고 이제 어쩔까요? 역시 남자랑 여자끼리로 나눌까요?"

"난 토르랑 같이 다닐래."

"아, 알았어요. 카렌 누나. 그럼 다른 분들은?"

그러자 토르가 분위기를 전환하듯 일행을 나누자는 말을 꺼냈다.

본인은 카렌 씨와 단둘이 다닐 모양이다.

솔직히 안내를 받고 싶었지만, 사이좋은 커플을 방해하는 것도 미안하니 그런 생각은 드러내지 않기로 했다.

"전…… 신 군의 선물을 당일까지 비밀로 하고 싶으니 따로 움직였으면 좋겠어요."

시실리는 나와 따로 움직이고 싶다고 말했다.

“그럼 내가 시실리랑 같이 다닐게. 매년 서로에게 선물을 골라주기도 했으니까 말야.”

그러자 마리아가 시실리와 동행을 희망했다.

“그럼 전 아우구스트 님과 같이 다닐게요. 메이도 같이 갈까요?”

“예!”

“그, 그래. 메이도 같이 다니는 건가.”

“혹시 불만이라도?”

“아니, 괜찮다.”

두 여자에게 실컷 휘둘리는 오그의 미래가 잠깐 보였다.

며칠 전에는 줄리아 아주머니와 메이의 택시 기사 노릇을 했다고 들었는데 오늘은 에리 앞에서 기를 못 펴고 있었다.

역시 이 나라에선 여자가 더 강한 걸까?

참고로 그 피라미드의 꼭대기에 있는 게 우리 할머니였다.

“저희도 둘이서 다니겠습니다.”

“마크한테 줄 선물도 같이 고르려구요.”

남친의 생일 선물을 같이 고를 거라는 올리비아의 발언에서는 왠지 모를 관록이 느껴졌다.

“미안하지만, 오늘은 둘이서 같이 다닐게.”

“토니 군…….”

토니도 릴리아 씨와 단둘이.

“소인도 오랜만에 사라와 같이 다니고 싶구려.”

"……기쁘기 한량 없사옵니다, 율리우스 님."
율리우스도 사라 씨와 단둘이.
"우린 셋이서 같이 다닐게."
"응."
"후훗. 공략 작전 때랑 같은 멤버네."
그리고 앨리스, 린, 유리가 셋이서. 그렇게 되면…….
"어라? 나만 혼자야?"
결국 나만 혼자 남았다.
"우리 쪽에 껴줄까?"
"아니, 여자들하고만 다니면 피곤할 것 같고 괜한 오해 받기도 싫어서……."
앨리스가 제안했지만, 사양했다.
"그, 그럼 신. 우리와 같이 다니는 건 어때?"
"아니, 내가 끼어들면 에리한테 미안하지. 메이도 가끔은 너한테 응석부리고 싶을 테고."
"후훗, 배려에 감사드려요. 신 씨."
"오늘은 오라버니한테 잔뜩 사달라고 할 거예요!"
오그가 날 어떻게든 끌어들이려 했지만, 에리와 메이를 핑계로 사양했다.
아니, 핑계가 아니라 내가 끼면 에리가 어떻게 반응할지 몰라서 무섭다는 게 솔직한 심정이었다.
"신, 너……."

“미안, 오그. 난 거기 낄 용기가 없어.”

“큭…….”

오그는 원통한 얼굴이었다.

여자들에게 실컷 시달려보시지.

나머지는 죄다 커플들이라 내가 낄 구석이 없었다.

“어쩔 수 없네. 혼자 다녀야겠어.”

가끔은 이런 것도 나쁘지 않았다.

공예로 유명한 도시니 어쩌면 마도구 개발에 힌트가 될 만한 걸 찾을 수 있을지도 몰랐다.

“신을 이 동네에 혼자 풀어두는 건가…….”

“또 무시무시한 마도구의 아이디어를 떠올릴까봐 걱정되네요.”

“신 님, 제발 자중해주세요! 기술자들의 일거리를 뺏으시면 안 됩니다!”

오그와 에리는 그렇다 쳐도 토르가 필사적으로 애원했다.

“안심해. 가급적 그런 결과가 나오지 않도록 주의할 테니까.”

“예?! 뭡니까! 그 도저히 신용이 안 가는 대답은!”

그렇게 걱정하지 않아도 요즘에는 그 점도 제대로 신경을 쓰고 있었다.

아무튼 멤버가 결정된 후에는 어떻게 모일지도 확인했다.

토르는 그때도 끈질기게 날 설득했다.

참 걱정도 많네.

대충 끝났으니 슬슬 거리를 돌아다녀 보실까.

"그럼 시실리, 나중에 봐. 선물도 기대해."

"아, 예!"

"신 님! 제발, 제발 자중을!"

나는 카렌 씨에게 안겨서 옴짝달싹 못 하는 토르의 절규를 들으면서 걸음을 옮겼다.

자, 그럼 생일 성물과 마도구의 아이디어를 찾아보자.

"신 니이이이이이이임!"

내 이름을 목 놓아 부르는 토르의 목소리를 뒤로 하며 나는 거리로 접어들었다.

모두와 헤어진 후 나는 프레겔시를 이리저리 정처 없이 돌아다녔다.

다양한 가게를 구경했지만, 실은 여기서 뭘 살 생각은 없었다.

선물은 내가 직접 보고 확인해서 아직 세상에 출시되지 않은 것을 직접 만들어서 줄 예정이었기 때문이다.

물론 실제로 만드는 건 빈 공방의 기술자겠지만 말이다.

왠지 요즘 너무 신세만 지는 것 같다.

사장님이 나 덕분에 작년보다 이익이 몇 배는 뛰었으니까 사양하지 말라고 해서 염치도 없이 계속 맡기고 말았다.

역시 공방의 프로가 만드는 건 완성도의 수준이 다르니

어쩔 수 없었다.

하지만 신세만 지는 건 미안하니까 이번엔 나중에 상품으로 팔 수 있는 게 좋을 것 같았다.

좋아. 그럼 아직 세상에 출시되지 않는 것 중에서 공방에 이익이 되는 물건을 만들기 위해 조사를 시작해보자.

참고로 이 도시에는 왕도에 『지점』을 가진 공방이 다수 존재한다고 한다.

왕도에 온 지 얼마 안 됐을 때 산책하면서 길거리에서 본 고급스러운 가게들이 바로 그 지점이라고 한다.

하지만 이 프레겔시에는 그 가게들을 뛰어넘는 규모의 『본점』이 곳곳마다 늘어서 있었다.

그 중 관심이 생긴 가게에 들어가보자 아직 왕도에 출시되지 않은 최신 옷, 신발, 가방, 액세서리 등을 팔고 있었다.

하나 같이 일류 브랜드의 왕도 미발표작뿐.

이러니 여자들의 눈이 돌아가는 것도 당연했다.

결국 다들 여성 동반으로 갈라졌으니 나중에 다시 만났을 때 어떤 표정을 짓고 있는지 비교해보는 것도 재미있을 것 같았다.

참고로 전원 무선 통신기를 지참하고 있어서 합류 장소는 나중에 정하기로 했다.

신규 멤버들이 그걸 보고 눈을 휘둥그레 뜬 모습이 무척 인상적이었다.

릴리아 씨는「이런 걸 보니 대규모 파괴 병기를 만들 수 있다는 말도 납득이 가네요……」라고 했다.

아무튼 그 후에는 일반 마도구점에 가보기로 했다.

내 아이디어 중에 아직 세상에 나오지 않은 마도구들이 있는지 확인하기 위해서였다.

몇 개 눈에 들어온 가게 중 적당히 골라서 안에 들어가보자 다양한 마도구가 전시되어 있었다.

마치 저쪽 세상의 가전제품 센터 같은 느낌이었다.

현재 어느 가정에나 상비 중인 급수 마도구나 화로 마도구나 온수 마도구 같은 생활의 질 자체를 향상시키는 마도구들은 대부분 할머니의 발명품이라고 한다.

그것을 직접 보니 왠지 자랑스러운 기분이 무럭무럭 들었다.

음, 일단 그보다 선물부터 정하자.

다시 가게 안에 있는 마도구들을 구경하는 데 마침 눈에 띄는 상품이 있었다.

일반 가정에 하나쯤은 있는 물건이고 당연히 우리 집에도 있었다.

하지만 이것의 발전형은 어디에서도 본 적이 없었다.

솔직히 필요성이 느껴지지 않은 데다, 저쪽 세상에서는 당연히 존재하는 거라 깜빡 잊고 있었기 때문이다.

"뭔가 찾는 거라도 있으십니까?"

내가 그렇게 골똘히 생각에 잠겨 있자 종업원이 말을 걸었다.

“아, 그게 이 마도구는 여기 있는 게 전부인가요?”

“이건…… 예, 그렇습니다. 이게 전부이지요. 혹시 무슨 문제라도?”

“아뇨…… 이건 잘 팔리나요?”

“하하, 솔직히 말씀드리자면 그리 자주 팔리는 상품은 아니지요. 이미 각 가정마다 하나씩은 구비한 데다 하나만 있으면 충분하니까요.”

“없어도 딱히 문제될 것도 없고요?”

“뭐, 그 말씀대로입니다.”

그렇군. 그럼 이것의 발전형을 만들어도 딱히 문제가 되진 않으리라.

이것만 만들어봤자 이익도 거의 없을 테니 전문업자도 없을 터.

그래, 역시 이걸 시실리와 마리아의 선물로 만들어야겠다.

“이상한 걸 물어봐서 죄송합니다. 다른 곳도 좀 보고 올 테니 이만 실례할게요.”

“아, 예. 또 찾아주시면 감사하겠습니다.”

결국 구경만 하고 말았다.

하지만 참고는 됐다.

남은 건 마크의 선물이지만, 이건 사실 생각해둔 게 있었다.

얼티밋 매지션즈의 멤버로 활동하게 된 마크는 사장님에게 손주에게 기대할 테니 공방의 후계자는 걱정하지 말라는 말을 들었다고 한다.

이미 올리비아라는 며느릿감이 있어서 나올 수 있는 말이었다.

하지만 여태까지 공방을 잇기 위해 노력했었던 마크는 후계자 수행을 그만둔 후에도 공작은 취미로 계속했다.

최근에는 오리지널 액세서리를 만들어서 그걸 마도구로 전환한 적도 있었다.

그때 조각칼 같은 공구로 문양을 새기는 모습을 보고 더 편리한 공구를 만들어서 선물해줘야겠다는 생각이 들었다.

사실 공구도 따지고 보면 남자의 로망이 깃든 물건이니까 말이다.

나도 옛날에는 딱히 쓸 곳도 없는데 몇 만 엔이나 하는 공구 세트를 구입하려고 진지하게 고민한 적이 있을 정도였다.

그러니 새로운 공구라면 마크도 기뻐해주리라.

생일 선물을 받은 세 사람이 기뻐하는 모습을 상상하며 혼자 히죽댄 순간, 마차가 내 옆을 지나갔다.

그러고 보니 마차라…….

◆

그 무렵, 약혼자인 카렌과 오랜만에 데이트 중인 토르는 계속 안절부절 못하고 있었다.

"얘도 참. 오랜만에 만난 나한테 너무 실례인 거 아니니?"

"아, 미안해요. 카렌 누나. 지금쯤 신 님이 이 거리에서 대체 뭘 하고 다니실지 상상하면 불안해서……."

"그렇게까지 걱정할 필요는 없지 않아?"

"아니요! 아무리 걱정해도 모자랄 정도입니다! 신 님은 늘 저희의 상상을 엉뚱한 방향으로 뛰어넘는 천재니까요! 이번에는 또 무슨 아이디어를 떠올릴지 상상도 할 수 없다고요!"

"흐, 흐응…… 그래?"

카렌은 아무렇지 않게 심한 소리를 한다고 생각했지만, 한편으로는 토르에게 그런 친구가 생겼다는 사실이 기쁘기도 했다.

조금 전에 다 같이 모였을 때 보인 반응만 봐도 이건 뒷담화가 아니라 본인 앞에서도 실제로 하는 말이리라.

그만큼 신 월포드라는 소년이 토르에게 소중한 존재가 되었다는 증거였다.

"신 님이라면 하늘을 나는 탈것을 만들어도 전혀 이상할 게 없습니다."

"하, 하늘?!"

하지만 당사자는 갑자기 가공의 물건을 언급했다.

"예, 신 님 본인도 부유 마법을 쓸 수 있으니까요. 그렇다면 당연히 부여도 가능하겠지요."

"……얼티밋 매지션즈가 하늘도 날 수 있고 순간이동도

가능하다는 소문이 사실이었구나. 순간이동은 아까 봤을 때도 엄청 놀랐는데……."

"게이트 마법은 얼티밋 매지션즈 멤버라면 전원이 쓸 수 있습니다. 하지만 부유 마법은 아직 신 님밖에 못 써요."

"그 게이트? 마법만으로도 충분히 굉장한 거 같은데……."

"신 님의 설명은 논리적이라 이해하기 쉬우니까요. 게이트 이론을 처음 들었을 때는 정말 눈앞이 확 트이는 것 같은 기분이었습니다."

"후훗, 아주 절찬이네."

신의 굉장한 점을 말하는 토르의 얼굴은 조금 전에 푸념할 때와 달리 존경심이 가득했다.

카렌이 그걸 놀리자 토르는 쑥스러운 얼굴로 말을 계속했다.

"그, 그런 식으로 보통 사람은 사고방식을 헤아릴 수 없는 사람이라 또 무슨 엉뚱한 생각을 떠올리지 걱정돼서 견딜 수가 없는 거라고요."

카렌은 솔직하지 못한 토르의 귀여운 반응에 내심 환희의 비명을 지르며 자신의 생각을 입에 담았다.

"월포드 군도 자기 상회를 경영하고 있으니 나름 선부른 행동은 자제하지 않을까?"

"과연 그럴까요……."

"그럴 거야! 아무튼, 자! 지금은 월포드 군은 잊고 날 에스코트해줘. 여긴 이제 곧 내가 시집 올 영지니까 말야."

"아으…… 아, 알겠습니다."

카렌이 귓가에서 속삭이자 토르는 새빨개진 얼굴로 대답했다.

카렌은 그 반응에 가슴을 두근거리면서 이대로 확 끌어안고 싶은 충동에 사로잡혔지만, 토르를 본 영민들이 계속 말을 걸어서 일단 자제하기로 했다.

그들은 영지의 후계자가 영웅이 됐다는 사실을 당연히 알고 있었다.

그런 영지의 자랑거리가 나타났으니 가만히 있을 리가 없었다.

끊임없이 찬사를 보내는 영민들 앞에서 수줍게 손을 드는 토르를 지켜본 카렌은 나중에 반드시 마구 쓰다듬어주겠다고 결심했다.

"응? 방금 왠지 모를 오한이…… 헉! 설마 신 님이 또 이상한 생각을?!"

하지만 당사자는 엉뚱한 예감에 사로잡혀 있었다.

◆

무가 커플인 율리우스와 사라는 이렇게 단둘이서 거리를 산책하는 것 자체가 처음이었다.

머슬 마법사인 율리우스는 사실 이래 봬도 후작이라는 고위 귀족의 후계자였고 약혼자인 사라도 백작 영애였다.

그래서 안전 때문에 이렇게 단둘이 거리를 돌아다니는 발상 자체를 떠올릴 수 없었던 것이다.

하지만 율리우스가 얼티밋 매지션즈 멤버가 되고 일반인을 아득히 뛰어넘는 강자가 된 시점에서 그 문제는 해결되었다.

애당초 율리우스 본인이 후작가의 그 누구보다 강해진 터라 호위의 필요성이 사라졌기 때문이다.

그래서 이렇게 태어나서 처음으로 데이트를 하게 된 두 사람이지만…….

"사라. 내 옆으로 오시오. 뒤에서 따라오면 대화를 나누기 불편하잖소."

"하오나 율리우스 님. 여자가 남자와 나란히 걸으면 주위에서 눈총을 보내지 않을는지요."

"대체 어느 시대 이야기를 하는 거요. 됐으니 내 옆으로 오시오."

"예…… 시, 실례하겠사옵니다."

율리우스의 말투는 평소와 달랐다. 아무래도 평소의 그건 나름 존댓말인 모양이었다.

한편, 무가의 여식으로서 남자를 돋보이도록 교육을 받고 자란 사라는 율리우스와 나란히 걷는 게 불경스럽고 파렴치한 일이라 생각하고 있었다.

아무래도 그녀의 가문도 감성이 상당히 독특한 모양이었다.

"그건 그렇고 율리우스 님. 꽤 즐거워 보이시더군요."

조금 전의 율리우스를 보고 나름 크게 놀랐던 사라는 무심코 그렇게 묻고 말았다.

"흠, 그렇소. 모두와…… 특히 신 님과 함께 있으면 지루할 틈이 없지."

사라는 동급생, 그것도 남자의 이름을 즐겁게 부르는 율리우스를 태어나서 처음 보았다.

혈통은 왕국 내에서도 손꼽히는 고급 휴양지를 영지로 소유한 대귀족.

심지어 본인은 일왕자의 측근.

신분만 놓고 봐도 이토록 어마어마한 데도 율리우스는 그 외모와 말투 때문에 아우구스트와 토르를 제외한 또래의 지인이 없었다.

물론 대귀족의 자제는 대부분 이런 느낌이었지만, 친구가 생기는 것 자체는 결코 나쁜 일이 아니었다.

하지만 사라가 놀란 건 그것뿐만이 아니었다.

"엘리자베트 님도 많이 허울 없어 보이시더군요."

"그렇소. 실제로도 이 상황을 에리 님이 가장 즐기고 계실지도 모르겠군."

알스하이드의 귀족은 대부분 어릴 때부터 면식이 있다.

그건 물론 사라와 에리도 마찬가지였다.

그래서 더더욱 경악할 수밖에 없었다.

따지고 보면 아우구스트를 제외한 최상위의 신분.

가문은 귀족의 최고위이자 준왕실이기도 한 공작가.

더욱이 본인은 왕태자의 약혼자.

까놓고 말해 알스하이드의 최고 중요 인물 중 하나였다.

보통은 삼엄한 호위가 철통 같이 호위해야 할 존재인 것이다.

그런 그녀가 앨리스나 린 같은 평민들과 웃고 떠들며 허울없이 지내고 있었다.

심지어 왕태자인 아우구스트는 아무리 영웅의 손자라지만, 평민에 불과한 신과 마치 친형제처럼 지내고 있었다.

도저히 믿을 수가 없는 광경이었다.

처음 본 순간은 동명의 같은 외모를 가진 다른 사람이라고 착각했을 정도로.

하지만 잠시 그들 사이에서 적응하자 왠지 모르게 알 수 있었다.

이 집단의 중심에 있는 건 다른 그 누구도 아닌 신이라는 것을.

현자와 도사라는 전세계에서 칭송받는 영웅이 조부모인데다 본인도 『마왕』, 『신의 사도』라는 칭호를 얻은 강력한 마법사.

하지만 본인은 그 수많은 찬사에 오만해지기는커녕 부끄

러워할 정도로 몹시 겸허했다.

바로 그런 인물이 중심에 있기에 이런 신분을 뛰어넘은 집단이 형성될 수 있었던 게 아니었을까.

사라는 그런 집단에 율리우스가 속해 있다는 사실이 더할 나위 없이 기뻤다.

그리고 율리우스의 약혼자인 자신도 그 안에 들어갈 수 있을 터.

거기까지 생각하자 무심코 웃음이 흘러나왔다.

"음? 사라, 왜 갑자기 웃는 게요?"

"아니요. 아무것도 아니옵니다."

"흐음?"

즐거운 미래가 기다릴 것 같은 예감에 사라는 웃음을 감추지 못했다.

◆

"하아……."

"갑자기 웬 한숨이야? 릴리아."

"이제야 겨우 해방된 기분인걸. 그야 한숨이 나올 만도 하지."

"그래?"

"토니 군은 이미 적응한 걸지도 모르지만, 진짜 이상한 집단이었거든?"

"어, 그래?"

최근 사귀기 시작한 토니의 데이트 신청에 쫄래쫄래 따라 나온 그녀를 기다리고 있었던 건 세계 최고로 이상한 집단이었다.

그래서 그곳을 벗어난 순간 안도의 한숨이 나왔던 것이다.

고등 마법학원에 입학했을 때부터 그들과 줄곧 함께 지낸 토니에게 전혀 자각이 없는 것도 더더욱 한숨이 나오게 만들었다.

"왕후귀족에 영웅의 손자까지 있다니 대체 무슨 집단이 그래."

"……아, 듣고 보니 그럴지도."

"이렇게까지 말해야 자각이 생기는 거야? ……너도 참 어지간하다."

"그야 어쩔 수 없잖아. 될 수 있으면 나도 전하는 조심해서 대하려고 하지만, 신이랑 지내는 걸 보면 왕족이라는 깜빡하게 되는걸."

"뭐어?! 그게 대체 무슨 소리야! 왕태자거든?! 차기 국왕님이거든?! 그런 중요한 걸 왜 깜빡하는 건데!"

일반 시민의 입장에서 왕족이란 그야말로 천상계의 존재다. 직접 얼굴을 보면 그것만으로도 오늘은 운이 좋다고 기뻐할 수 있고, 행여 대화라도 나눈다면 그야말로 후대까지 이야깃거리로 삼을 수 있는 존재인 것이다.

그런데도 토니는 그런 존재와 조금 전까지 거리낌없이 대화를 나누었다.

그 모습을 처음 본 릴리아는 혹시 자기 남친이 불경죄로 처형당하지는 않을까 걱정돼서 견딜 수가 없었다.

그런데도 본인은 아우구스트가 왕족이라는 사실을 깜빡했다는 터무니없는 발언을 하는 게 아닌가.

솔직히 괜히 걱정했다고 당장 멱살을 잡고 싶을 정도였다.

"뭐, 전하께서 저런 식으로 변한 건 틀림없이 신 덕분이겠지."

"월포드 씨?"

"응. 신은 전하뿐만 아니라 폐하도 저런 식으로 대하거든. 폐하를 『디스 아저씨』라고 부르더라."

"아, 아저씨?! 그런데도 무사한 거야?!"

"그게 실은…… 폐하께서도 국왕이라는 걸 숨기시고 진짜 친척 아저씨처럼 알고 지냈나 보더라고."

"……월포드 씨는 대체 어떤 사람이야?"

이 나라의 지존인 국왕 폐하를 아저씨라 부르고 차기 국왕인 왕태자와 형제처럼 허울 없이 지내는 신 월포드라는 인물은 평민인 릴리아에게는 그야말로 외계인이나 다름없었다.

"어떤 사람이라…… 글쎄. 일단 좋은 녀석인 건 확실해. 진심으로."

"그건 나도 왠지 알겠는데……."

"다만, 사고방식이 상당히 기묘하달까…… 본인은 그것도 자중한다고 그러는 거 같지만……."

"풋! ……뭐야 그게? 칭찬하는 건지 험담하는 건지 모르겠네."

릴리아는 무심코 웃음을 터트렸다.

여친의 그런 반응에 토니는 머리를 긁적이면서 대답했다.

"뭐랄까…… 인간적으로는 틀림없이 좋은 녀석이 맞는데 마법과 마도구에 대한 상식 같은 게 우리랑 크게 어긋나 있어. 그것 때문에 도사님에게도 자주 혼나더라고."

토니가 그렇게 말하며 고개를 옆으로 돌렸지만, 어느새 릴리아는 그 자리에 없었다.

그래서 뒤로 고개를 돌리자 어느새 그 자리에 망부석처럼 고정된 여친의 모습이 눈에 들어왔다.

"응? 갑자기 왜 그래? 릴리아."

"토니 군…… 도사님이라면……."

"응? 아, 신네 집에 자주 가니까 도사님과도 면식이……이이?!"

그 순간, 릴리아가 엄청난 기세로 달려와 멱살을 잡았다.

"치사해! 치사해치사해치사해! 토니 군만 도사님의 지인이 되다니 치사해!"

눈이 완전히 맛이 간 상태였다.

멜리다를 한없이 존경하는 자신보다 먼저 지인이 된 남친을 진심으로 질투하는 얼굴이었다.

"윽…… 지, 진정해. ……어, 어쩔 수 없었다고."

"나도 도사님과 지인이 되고 싶단 말야!"

"가, 가능하지…… 않을까?"

"뭐?"

멜리다와 지인이 될 수 있다는 말을 들은 순간, 릴리아는 이성을 되찾고 멱살을 놓았다.

간신히 해방된 토니는 이렇게 말했다.

"콜록! ……아아~ 이번에 신을 포함한 합동 생일 파티에 너도 올 거잖아? 신네 집에서 열리니까 도사님과 대화를 나눌 기회도 있을 거야, 분명."

"어, 어어…… 진짜?! 이걸 어쩜 좋아! 도사님께 무슨 말씀을 드리면 좋을까?!"

"아~ 뭐든 상관없을걸."

"아아, 진짜 꿈만 같아……. 도사님을 직접 뵐 수 있다니!"

조금 전까지만 해도 질투에 이성을 잃었던 눈이 지금은 반짝반짝 빛나고 있었다.

그 갑작스러운 변화에 토니는 쓴웃음을 지을 수밖에 없었다.

"이럴 거면 차라리 용기를 쥐어짜 내서 고백하는 것보다 도사님을 만나게 해드리는 대신 사귀어달라고 했으면 허락해줬을까?"

"실례야! 그래도 부정은 못 하겠어!"

오랜 염원 끝에 여친이 된 소녀의 예상치 못한 모습을 본 토니는 당혹스러움을 감추지 못했다.

"……아니, 메인은 내 친구들의 생일인데 말이지."

눈을 반짝이며 우상과 만날 날을 고대하는 여친의 모습에 토니는 그저 한숨밖에 나오지 않았다.

◆

"으음~ 역시 프레겔시네. 볼게 많아서 정신없어."

"그러게."

"아! 저 백 혹시 신상 아냐?!"

"자, 잠깐 마리아. 오늘은 우리 걸 사러 온 게 아니거든?"

소꿉친구끼리 거리를 돌아다니게 된 마리아와 시실리는 생일이 머지않은 마크와 조만간 같이 합동 생일 파티를 여는 신과 서로에게 줄 선물을 고를 예정이었지만, 마리아는 그보다 우선 왕도에서도 아직 발표되지 않은 신작의 존재에 정신이 팔린 모양이었다.

"아, 미안. 나도 모르게 그만."

"나 참."

"으으…… 그래도 신상인데……."

시실리 덕분에 원래 목적을 떠올린 마리아는 그래도 미련을 버리지 못한 기색이었다.

"어쩔 수 없네. 선물부터 다 고른 다음에 구경하자."

"야호! 하지만 너도 신경 쓰이지?"
"어? 그게…… 아주 조금?"
"역시 왕도 미발표작이라는 타이틀은 참 매력적이지. 주위에서 아무도 손에 넣지 못한 물건을 살 기회인걸."
"맞아. 그리고……."
"그리고?"
"신 군에게도 새 옷을 보여주고 싶어."
"……이 리얼충 기지배!"
"꺄악!"
둘 다 신상을 원하는 마음은 같았지만, 이유는 전혀 달랐다.
아직도 봄이 찾아올 기색이 전혀 없는 마리아는 그야말로 인생의 봄을 구가하는 중인 시실리에게 질투를 터트렸다.
그런 아름다운 소녀들의 모습을 행인들이 저마다 힐끔거렸지만, 본인들은 서로의 말에 집중하느라 전혀 눈치채지 못했다.
"그러고 보니 신한테는 뭘 선물할 거야?"
"으음, 사실 이미 정했어."
아직 아무것도 정하지 못한 마리아가 묻자 예상치 못한 대답이 돌아왔다.
"흐응, 뭔데?"
"그게 있지……."
마리아는 그 말을 듣고 납득했다.

"그랬구나. 그런 건 역시 사귀니까 줄 수 있는 선물이겠네."

"그, 그럴까?"

"그래. 아~ 난 뭘로 할까? 전혀 못 고르겠어."

"난 이미 정했으니까 천천히 골라."

"응. 그건 그렇고 나랑 마크 껀?"

"……아."

"깜빡한 거냐!"

"미, 미안~!"

"용서 못 해~!"

평소에는 신에게도 거의 보이지 않는 이 편한 모습은 역시 태어났을 때부터 친구인 마리아이기에 보여줄 수 있는 것이리라.

그리고 그건 마리아 또한 마찬가지였다.

오랜만에 거리에서 쇼핑을 하는 해방감.

게다가 상대는 완전히 마음을 터놓은 소꿉친구.

덕분에 한껏 들뜬 두 사람은 주위에서 자신들을 어떤 눈으로 쳐다보는지 전혀 자각이 없었다.

"저기, 너희들. 처음 보는 얼굴인데 다른 도시에서 온 거야?"

"너희만 괜찮으면 우리가 안내해줄까?"

""응?""

갑자기 낯선 남자들이 말을 걸어왔다.

한동안 거리에 나올 기회가 전혀 없어서 이런 상황이 발생할 줄 예상치 못한 두 사람은 놀라서 그쪽을 돌아보았다.

"우와! 엄청 귀엽잖아!"

"진짜, 진심! 이런 예쁜 애는 난생 처음 봐!"

헌팅남들은 시실리의 얼굴을 제대로 보자마자 흥분하기 시작했다.

"저기, 쇼핑 중이야? 괜찮으면 내가 추천하는 가게를 소개해줄까?"

"아! 이 자식이 치사하게! 내가 더 좋은 가게를 아니까 같이 가자!"

"예? 저기……."

"사양하지 마! 이런 건 현지인한테 맡기는 게 최고라고!"

"응, 응! 안심해!"

"……저기요."

원체 내성적인 데다 남자가 거북한 시실리는 흥분해서 속사포처럼 말을 퍼붓는 헌팅남들의 모습에 당황했다.

하지만 남자들은 그 반응을 보고 혹시 이러다 기회를 놓칠까 싶어서 속내가 뻔히 드러나는 얼굴로 한층 더 빠르게 말을 퍼부어댔다.

한편, 마리아는…….

"하하, 진짜 귀엽다. 너. 이런 애를 만나다니 오늘은 진짜 운수 좋은 날이야!"

"야, 너 저리 좀 가. 앤 내가 안내해줄 테니까."

"뭐? 그게 무슨 소리야? 먼저 말을 건 건 나거든?"

"그딴 게 무슨 상관이야! 됐으니까 좀 꺼져!"

"……잠깐."

헌팅남들은 갑자기 자기들끼리 싸우기 시작했다.

그 갑작스러운 전개에 시실리가 당황하는 한편, 마리아는…….

"얠 에스코트하는 건 나라고!"

"아앙?! 나거든?!"

"지금 나랑 해보자는 거야?!"

"그래, 어디 해보자!"

"……당신들."

"아까부터 넌 또 뭐야!"

"지금 바쁘니까 방해하지 마!"

헌팅남들은 계속 말을 건 마리아를 대놓고 무시했다.

그렇다.

조금 전부터 이 남자들은 사실 누가 시실리를 안내하느냐를 놓고 다퉜던 것이다.

옆에는 마리아도 있었지만, 시실리를 처음 본 순간 둘의 눈에는 전혀 들어오지 않았다.

이어서 시실리 쟁탈전이 막을 올렸지만, 마리아는 역시 아웃 오브 안중.

이 너무나도 심한 처사에 마리아가 느낀 분노는 이루어

헤아릴 수조차 없을 지경이었다.

분노에 몸을 떠는 마리아의 주위에 일반인도 느낄 수 있을 정도의 고밀도 마력이 모이기 시작했다.

"히익?!"

"이, 이이이건 또 무슨?!"

결국 남자들은 마리아의 화가 머리끝까지 뻗친 얼굴과 무시무시한 마력에 놀라서 그 자리에 주저앉고 말았다.

당장 오줌을 지려도 이상할 것 없는 표정이었다.

이대로 내버려두면 도시 안에서 참사가 벌어지리라.

구경꾼들도 반사적으로 잿더미가 된 남자들의 모습을 상상했을 정도였다.

하지만 그것을 막는 이가 있었다.

"안 돼, 마리아! 시내에서 마법은 금지!"

시실리의 한 마디에 이성을 되찾은 마리아는 거기서 마력을 모으는 것을 멈추었다.

그 모습을 보고 안도의 한숨을 내쉰 시실리는 이어서 남자들을 돌아보았다.

"저기요."

""예, 옙!""

마리아에게 완전히 위축된 남자들이 얼빠진 목소리로 대답했다.

"먼저 이것부터 말씀드려야 했는데……."

그렇게 말한 시실리는 왼손 약지를 들어 보인 후.

"전 임자가 있는 몸이에요."

그렇게 선언했다.

그 순간, 헌팅남들은 마리아에 대한 공포와 시실리의 약혼자에 대한 부러움으로 뭐라 형언할 수 없는 한심한 표정을 지을 수밖에 없었다.

그 반응을 본 마리아는 히죽 웃으며 남자들에게 다가갔다.

"히익……."

"저, 저리 가!"

"어머, 고작 나 따위를 상대로 쫄면서 용케도 애한테 손을 댈 생각을 했네?"

남자들은 전율할 수밖에 없었다.

방금 마리아는 이렇게 말했다.

고작 나 따위라고.

남자들은 일반인이었지만, 눈앞에 있는 이 소녀가 범상치 않은 마법사라는 건 충분히 짐작할 수 있었다.

그런 본인이 『고작 나 따위』라고 말했다면 당연히 그 위도 존재한다는 뜻.

그리고 말투로 미루어보건대 그 인물은 틀림없이 눈앞에 있는 시실리의 관계자이리라.

마리아는 그 생각을 긍정했다.

"다행이네. 얘 약혼자가 근처에 없어서."

역시나.

그 순간, 남자들의 머릿속에 떠오른 건 그 한 마디뿐이었다.

"만약 그 녀석이 이걸 봤다면……."

마리아는 거기서 뜸을 들였다.

남자들은 긴장감을 견디다 못해 숨을 삼켰다.

"지금쯤 너흰 먼지도 남지 않았을걸?"

""히익?! 히이이이익?!""

마리아가 악당처럼 웃으며 그렇게 말한 순간, 남자들은 그 자리에서 쏜살 같이 달아났다.

참고로 이건 여담이지만, 이 둘은 시실리의 약혼자가 언제 갑자기 들이닥칠지 몰라서 며칠간 두문불출할 뿐만 아니라 그 후에도 외출할 때마다 항상 주위를 경계하게 됐다든가 뭐라든가.

아무튼 헌팅남들에게 그런 트라우마를 심어준 마리아는 마지막으로「흥!」하고 코웃음을 쳤다.

"아, 열 받네 진짜! 홧김에 확 폭식이나 해버릴까!"

"마리아…… 그러다 살쪄."

그야말로 폭력의 화신 같았던 마리아와 이런 무시무시한 상황 속에서도 조금도 동요하지 않고 핀트가 어긋난 걱정을 하는 시실리를 본 구경꾼들이 동시에 한 생각을 말로 표현하면 이러했다.

"재, 재들은 대체 뭐지……?"

그리고 그들은 귀여운 외모만 봐서는 그 강함을 상상조차 할 수 없는 두 소녀가 거리 너머로 사라지는 모습을 그저 망연자실한 눈으로 지켜볼 수밖에 없었다.

◆

“우와아~ 가게가 진짜 많다!”

“너무 많아서 고르기 어려워. 좀 더 적으면 좋을 텐데.”

“그런 말하면 못써, 린.”

마인령 공략 작전 이후로 같이 움직일 때가 많아진 앨리스, 린, 유리는 오늘도 함께 거리를 노닐고 있었다.

앨리스는 처음 온 프레겔시의 다양한 가게들을 보고 솔직하게 감탄했고, 린은 오히려 그것에 불만을 드러냈다. 그리고 유리는 프레길시의 존재 의의를 부정하는 린을 부드럽게 타일렀다.

“하지만 린의 말도 이해는 가. 가게가 너무 많아서 어딜 들어가야 좋을지 모르겠는걸.”

“아니야~. 살 게 있으면 그 가게로 가면 되잖아~.”

“그럼 무리인걸!”

“왜애~?”

“아직 뭘 살지 안 정했으니까!”

“앨리스…….”

처음부터 상품들을 보고 고를 생각이었던 앨리스의 대답에 유리는 잠시 말문이 막혔다.

"그럼 일단 윈도쇼핑부터 하자. 그럼 뭔가 힌트가 생길지도 몰라~."

"그래야겠네."

"귀찮아."

"린……."

그리고 이번에는 쇼핑에 대한 관심이 낮아도 한참 낮은 린의 대답에 또 잠시 말문이 막혔다.

처음부터 계획이 어긋난 세 사람은 일단 유리의 의견대로 줄줄이 늘어선 가게들의 쇼윈도부터 구경하기 시작했다.

그렇게 몇 가게 정도 돌아본 시점에서 앨리스가 갑자기 이런 말을 꺼냈다.

"솔직히 시실리랑 마리아 선물은 고를 만해."

"맞아~."

"가장 어려운 건 신이야. 기뻐할 거라고 생각해서 준 선물인데 실은 이미 더 좋은 걸 갖고 있을 가능성이 있는걸."

"아, 하긴~."

"월포드 군이라면 있을 법해."

"그치? 이런데 어쩌면 좋을까?"

유리와 린이 동의하는 것도 무리는 아니었다.

아무튼 상대는 그 신이다.

지금까지도 자신들의 상상을 뛰어넘는 마도구를 잇따라 발명한 데다 본인 명의의 상회까지 세운 인간에게 줄 선물을 고르려니 고민되는 게 당연했다.

"그럼~ 월포드 군이 평소에 다루지 않는 물건을 고르는 건 어떨까?"

"다루지 않는 물건?"

"응. 월포드 군은 기본적으로 빈 공방에만 물건을 의뢰하잖아~?"

"맞아."

"거긴 원래 금속 가공 중심의 공방이잖아~? 그러니~ 금속 제품이 아닌 걸로 고르는 건 어때~?"

유리의 의견에 앨리스와 린은 납득했다.

"그런가. 지금까지 만든 건 검이랑 부츠랑 좌변기였지."

"그러고 보니 액세서리를 만든 기억도 없어. 기성품에 마법을 부여만 했고."

"그럼 신 군의 선물은 금속 제품이 아닌 액세서리면 되지 않을까?"

"그게 좋을 것 같아."

"월포드 군의 선물이 가장 먼저 끝났네~."

유리의 제안 덕분에 가장 어려울 것 같았던 신의 선물이 정해졌다.

그럼 이제 남은 건 시실리, 마리아, 마크였다.

“마크한테 줄 선물도 신 군이랑 같은 방침으로 정하자. 빈 공방 사장님 아들이니까.”

“그럼 남은 건 시실리와 마리아네.”

“그러게~. 남자가 빨리 끝난 만큼 더 고민할 시간이 생겼어~.”

여기서 여자 쪽도 끝나면 할 일이 없으니 세 사람은 일단 거리를 더 돌아다녀 보기로 했다.

그리고 가게를 몇 군데 더 돌아본 시점에서 그 가게를 발견했다.

“린.”

“앨리스.”

“으응? 여기~?”

앨리스와 린이 서로를 마주보며 멈춰 서자 유리가 당황했다.

“이걸 선물하려구~?”

눈앞에 있는 건 옷 가게였다.

하지만 유리를 당황하게 한 건 다름 아닌 쇼윈도에 장식된 옷이었다.

“인형 옷인데~?”

사실 인형 옷이 아니라 동물의 모습을 딴 롱 파카였다.

눈앞에 전시된 그 파카들의 후드에는 동물 귀까지 달려 있었다.

젊은 여자가 입으면 틀림없이 귀여우리라.

하지만 선물을 줄 대상이 귀족 영애인 시실리와 마리아라는 게 문제였다.

그렇게 망설이는 유리에게 돌아온 것은 예상치 못한 대답이었다.

"어? 아냐."

"우리가 입을 거야."

"뭐어?"

생일 선물인 줄 알았는데 본인들이 입겠다고 하니 유리는 더더욱 당황할 수밖에 없었다.

"일단 들어가자!"

"알았어."

"선물은~?"

유리는 이젠 롱 파카밖에 눈에 들어오지 않는 앨리스와 린의 뒤를 따라 가게 안으로 들어갔다.

가게 안에서는 당연히 평범한 옷도 있었지만, 앨리스와 린은 롱 파카 코너로 직진했다.

다양한 동물의 모습을 본뜬 파카의 머리에 달린 짐승귀가 무척 귀여웠다.

"와아~ 이거 귀엽다!"

"이건 좋은 옷."

"뭐, 하긴 너희한테는 잘 어울릴지도~."

원래 목적을 망각하고 열심히 옷을 고르던 앨리스는 강아지를, 그리고 린은 고양이라는 가장 대중적인 동물을 골랐다.

두 사람은 직접 입어 보니 더 마음에 들었는지 그 모습 그대로 거리를 돌아다니기로 했다.

"슬슬 선물 사러 가자~."

유리는 계산을 마친 두 사람에게 말했다.

하지만 앨리스와 린은 유리의 몸을 양옆에서 구속하더니 그대로 다시 롱 파카 코너로 끌고 갔다.

"어? 뭐야~?"

"실은 아까 유리한테 어울릴 것 같은 옷을 발견했어!"

"분명 맘에 들 거야."

"어, 뭐어?!"

그 순간 유리의 머릿속에 떠오른 것은 두 사람에게 속아서 야한 수영복을 샀던 에리의 모습이었다.

유리는 필사적으로 거부할 수밖에 없었다.

"나, 난 진짜 됐어~!"

그러자 앨리스와 린이 설득을 시도했다.

"셋이서 같이 다니는데 혼자만 다른 옷을 입고 있으면 이상해보일 거야."

"오히려 부자연스러워."

"그러니 너도 똑같이 이걸 입으면 부끄럽지 않겠지?"

"혼자만 따돌리는 건 불쌍해."

"이건 내가 살게."

"자, 어서."

긴 설득 끝에 옷을 사주겠다는 말에 넘어간 유리는 결국 앨리스가 고른 옷을 입기로 했다.

참고로 베이스가 된 동물은 흰 토끼였다.

귀에 철사가 들어 있어서 꼿꼿하게 세울 수도 있지만, 지금 주목할 건 그 부분이 아니었다.

옷 위에 파카를 입으면 보기 흉해져서 다 벗고 입은 결과.

"……좀 지나쳤나?"

"괜찮아. 좀 섹시할 뿐인걸."

"어? 뭐가~?"

무릎 위 오십 센티까지 밖에 안 내려오는 롱 파카 때문에 아름다운 다리가 여실히 드러난 데다 가장 큰 사이즈인데도 가슴이 전부 들어가지 않아서 가슴골이 살짝 보이는 모습.

까놓고 말해 섹시했다.

앨리스가 무심코 반성할 정도였지만, 린은 딱히 신경 쓰지 않았다.

그리고 정작 당사자는 벗은 옷을 이공간에 집어넣느라 두 사람의 대화를 듣지 못해서 자신이 지금 얼마나 야한 모습인지 자각하지 못하고 있었다.

"이젠 만족했지~?"

"으, 응! 만족했어!"

"이 모습을 다른 애들한테 보여주는 게 기대돼."

"그럼 이번에는 진짜 선물 사러 가는 거다~?"
유리는 그렇게 말하고 가게를 나갔다.
뒷모습도 조금 섹시했다.
그 순간, 앨리스의 머릿속에 한 가지 아이디어가 번뜩였다.
"아, 맞아! 이걸로 하자!"
"뭔데?"
"뭔데~?"
"그게……."
앨리스가 두 사람에게 생각난 걸 설명하자, 린은 그 자리에서 승낙했다.
"그거 좋네. 재밌을 것 같아."
"어? 진심이야~?"
하지만 유리는 그다지 내키지 않는 기색이었다.
"재미는 내가 보장할게!"
사실 선물 자체는 충분히 허용 범위 안이라 볼 수 있었다.
"이 상태로 사러 가는 거야~?"
문제는 동물 파카를 입은 상태로 그걸 사러가야 한다는 것이었다.
"괜찮아!"
"문제없어."
"그야 너흰 괜찮을지도 모르겠지만~."
결국 유리는 앨리스와 린을 등을 떠밀려서 따라갈 수밖에 없었다.

그리고 도착한 가게 안에서는 예상대로 시종일관 주목을 받았다.

"이히히, 걔네가 깜짝 놀라는 얼굴이 눈앞에 선해!"

"분명 맘에 들 거야."

"과연 그럴까……."

대체 뭘 고른지는 생일날까지 비밀이었다.

◆

"오라버니! 이거 맛있어요!"

"다행이네, 메이. 어머, 입가에 크림이 묻었네. 잠시 가만히 있으렴."

"으읍!"

메이는 아우구스트가 사준 크림이 듬뿍 올라간 크레이프를 먹으며 기뻐했고, 엘리자베트는 그런 그녀의 뺨에 묻은 크림을 손수건으로 닦아주었다.

거리로 나오자마자 선물을 고른 세 사람은 현재 태어나서 처음으로 길거리 데이트를 만끽 중이었다.

평소에 신 일행과 같이 다니는 아우구스트는 왕도에서도 이런 식으로 자주 돌아다녔지만(요즘 그랬다간 사람이 우르르 몰려들어서 무리였다), 전투 능력이 전혀 없는 엘리자베트와 아직 나이가 한참 어린 메이는 이렇게 자유롭게 길거리를 돌아다니는 것 자체가 처음이었다.

한쪽은 왕태자의 약혼자이자 공작 영애.

다른 한쪽은 왕녀.

애초에 둘 다 이런 행위가 허락될 수 없는 신분이었기 때문이다.

만약 어딜 간다면 사전에 목적지에 연락하고 수많은 호위를 대동하는 게 상식이었다.

하지만 지금 그들에게 붙은 호위는 단 한 명도 없었다.

사전 연락도 하지 않아서 지금 눈앞을 지나다니는 행인들은 자신들이 그런 어마어마한 신분의 인간이라는 사실을 눈곱만큼도 인식하지 못하고 있었다.

만약 그들의 정체를 아는 자가 있다면 놀라자빠질 만한 이 이상한 광경을 만들어낼 수 있었던 것은 전적으로 얼티밋 매지션즈의 차석인 아우구스트의 존재 덕분이었다.

현재 전세계의 경의를 받는 얼티밋 매지션즈.

규격이 벗어난 마법을 다루며 상식을 초월한 마도구를 잇따라 발명해낸 신의 다음가는 실력을 지닌 아우구스트는 이미 인류 최강 클래스의 강자였다.

그런 아우구스트가 있는 이상 호위는 필요 없었다. 아니, 오히려 방해만 될 뿐이리라.

그런 알스하이드 왕실 역대 최강자인 아우구스트는……

현재 완전히 축 늘어진 모습으로 두 소녀의 뒤를 따라다니고 있었다.

그나마 이공간 수납 마법 덕분에 짐을 들 걱정은 덜었지만, 이리저리 가게를 돌아다니며 계속 물건을 사 나르는 엘리자베트와 메이를 상대하는 것만으로도 정신력과 체력이 쭉쭉 깎여나갔기 때문이다.

덕분에 완전히 지쳐버린 아우구스트는 자신을 내팽개친 채 즐거운 얼굴로 가게의 전시물을 들여다보는 약혼자와 동생의 뒷모습을 그저 멍하니 바라볼 수밖에 없었다.

그러자 잠시 후 엘리자베트가 말을 걸었다.

"아…… 오그 님, 이 가게에 잠깐 들어가 봐도 될까요?"

"……또?"

아무래도 상품에 관심이 생긴 모양이었다.

이미 몇 번째인지 모를 그 제안에 오그는 진저리를 쳤다.

하지만 엘리자베트도 물러서지 않았다.

"어머나! 평소엔 같이 있을 시간도 거의 없는데 이럴 때만이라도 좀 시간을 내주시면 안 되나요?"

"맞아요! 오늘은 저희 말대로 해주세요!"

엘리자베트와 메이의 정당한 항의에 죄책감을 느낀 아우구스트는 마지못해 동의했다.

신이 봤다면 혹시 어디 아픈 게 아닐까 의심스러워할 만큼 고분고분한 태도로.

약혼자인 엘리자베트는 그렇다 쳐도 동생인 메이에게도 꼼짝 못 하는 건 사실 이유가 있었다.

고등학원에 다니는 오빠와 초등학생인 여동생이 늘 함께 노는 건 사실 그다지 일반적인 일이 아니다.

하지만 메이는 왕족이었다.

반에는 고위 귀족이 많아서 따돌림을 당할 걱정은 없겠지만, 왕후귀족의 자녀에게는 늘 납치와 암살의 위험이 따라다녔다.

그래서 친구들과 함께 방과 후에 노는 건 절대로 허락될 수 없었고 결국 상대는 대부분 가족이 될 수밖에 없었다.

하지만 메이의 오빠는 알스하이드의 왕태자이자 얼티밋 매지션즈의 멤버였다.

도저히 상대해줄 시간이 나지 않았다.

심술궂게 굴 때도 많은 오빠지만, 그래도 메이는 아우구스트와 함께 있는 걸 기뻐했다.

자신도 비슷한 경험을 한 아우구스트는 그런 동생을 거부할 수 없었다.

그래서 이렇게 아는 사람이 보면 놀랄 정도로 엘리자베트와 메이의 요구를 고분고분하게 들어주고 있는 것이었다.

"오그 님. 이건 어떤가요?"

"응? 아, 어울리지 않을까?"

"으~ 보석은 잘 모르겠어요!"

엘리자베트가 쇼케이스 안에 있는 반지를 가리키며 아우구스트에게 의견을 묻는 한편, 아직 보석의 가치를 알 리 없는 메이는 지루해했다.

이번에는 새언니인 엘리자베트가 들어가고 싶어해서 따라온 것뿐이었다.

“에리 언니, 다른 가게에 가고 싶어요.”

“음…… 그럼 이번엔 옷을 보러 갈까?”

“예! 귀여운 옷이 보고 싶어요!”

아우구스트는 속으로 또냐며 진저리를 쳤다.

그리고 조금 전과 마찬가지로 한참 가게를 고르다가 안에서 의견을 묻는 두 사람에게 대답하는 행동을 반복한 아우구스트는…….

“오그 님, 이건 어때요?”

“응…… 괜찮지 않을까?”

“오라버니! 이것도 귀여워요!”

“응…… 괜찮지 않을까?”

“이거랑 이거 중에 어느 게 마음에 드세요?”

“응…… 괜찮지 않을까?”

“……오라버니. 좀 있다 파르페 사주세요!”

“응…… 괜찮지 않을까?”

“메이, 너 방금 크레이프 먹었잖니. 그러다 살쪄.”

“응…… 괜찮지 않을까?”

"너무해요, 오라버니!"

고장난 스피커처럼 같은 말만 하염없이 반복했다.

◆

몇 시간 후.

선물과 새로운 마도구들의 아이디어를 얻은 나는 슬슬 통신기로 연락해서 일행과 합류하기로 했다.

가장 먼저 온 건 시실리와 마리아였다.

"어때? 즐거웠어?"

"쇼핑은 즐거웠지만……."

시실리는 살짝 씁쓸하게 웃었다.

"헌팅당했어."

이어서 대답한 건 마리아였다.

"또? 괜찮았어? 혹시 이상한 짓 당하지는 않았고?"

제길, 역시 예상대로였다.

둘 다 어지간한 남자는 상대도 되지 않을 만큼 강해져서 괜찮을 거라고 생각했는데 막상 정말로 헌팅당했다는 말을 들으니 화가 났고 걱정도 됐다.

"아뇨. 딱히 아무 일도 없었지만, 마리아가……."

거기까지 들은 순간, 대충 예상이 갔다.

"뭐야? 너, 또 저지른 거야?"

"또는 뭐야! 또는!"

이성과의 만남에 굶주린 마리아는 의외로 헌팅남에게는 관심이 없었다.

끈질기게 말을 거는 것도 짜증나고 억지로 몸에 손을 대려고 할 때마다 화가 치민다는 모양이다.

그래서 평소에는 대부분 물리적으로 배제하는 것 같았다.

"오늘은 손 안 댔어! ……그냥 잠깐 대화만 한 것뿐이야."

평소의 행실을 돌이켜보면 그 대화 내용도 결코 평범하지 않았음을 짐작할 수 있었다.

"아니, 그보다 너 대신 시실리를 지켜줬으니까 오히려 감사해야 하는 거 아냐?"

"그러게. 고맙다, 마리아."

"별말씀을."

"그건 그렇고 쇼핑은 잘 했어?"

"아, 맞아. 이것 좀 봐! 왕도에서도 아직 출시 안 된 신상백이야!"

사소한 말썽이 있었지만, 쇼핑 자체는 무사히 끝난 모양이었다.

……아니, 잠깐만.

"아니, 그건 네가 쓸 거잖아. 마크랑 나한테 줄 선물은?"

"그것도 제대로 샀어. 선물 고른 다음에 내 것도 산 거거든."

"그런 거였나."

"그러는 넌? 뭐 좀 샀어?"

"아니. 난 원래 직접 만들 생각이라 오늘은 힌트만 좀 얻으러 온 거였어."

"흐응~ 그래서? 힌트는 잘 얻었고?"

"응. 둘 다 기대해도 좋아."

이번 아이디어는 특히 여자들에게 호응이 좋으리라.

선물을 주는 당일이 무척 기대되었다.

"오~ 네가 그렇게까지 말하니까 기대되는걸."

"저도 기대돼요."

시실리와 마리아는 내 호언장담에 진심으로 기대감을 드러냈다.

"저도 선물 샀으니까 기대해주세요."

"응, 기대할게."

그러는 사이에 오그 일행이 도착했다.

쇼핑을 실컷 만끽했는지 만족스러워 하는 에리와 메이와 달리 오그는 완전히 초췌해진 상태였다.

"야, 잠깐. 오그, 너 괜찮아?"

"……응, 괜찮지 않을까?"

……이런, 거의 맛이 간 상태다.

"뭐, 이 녀석은 그렇다 치고 두 사람은 즐거웠던 거 같으니 상관없나."

"……야."

"예! 즐거웠어요!"

메이는 오그의 말을 가로막으며 아주 신이 난 얼굴로 대답했다.

"저도 메이도 아우구스트 님과의 데이트를 실컷 만끽했답니다."

에리도 평소와는 다른 경험에 만족스러워했다.

"잘됐네, 메이. 에리도 오그랑 데이트한 건 전에 각국을 순회한 이후로 처음이지 않아?"

"아우구스트 님이 함께라면 괜찮을 줄 알았는데 좀처럼 허락해주시지 않더라구요."

하긴, 공작 영애가 자유롭게 거리를 돌아다니고 싶다는 것을 그리 쉽게 허락해줄 리 없었다.

따지고 보면 오그도 왕태자고.

"야."

"신 니이임!"

오그가 다시 말을 걸려고 했지만, 이번에는 토르가 방해했다.

"어서 와, 토……."

"신 님! 이번에는 대체 무슨 아이디어를 떠올리신 거죠?! 얼른 말씀해주세요! 자, 어서요!"

그리고 토르는 무시무시한 기세로 말을 쏟아냈다.

너무 필사적인 거 아니야?

"아니, 생일까지 비밀인 게 당연하잖아. 그때까지 참아."

"그, 그럴 수가……."

"그렇게 걱정하지 않아도 기존 업자들의 일거리를 뺏는 아이디어는 아니니까 안심해."

"……정말이죠?"

"정말이라니까. 애초에 오늘은 기존 상품과 겹치지 않으려고 조사하러 온 거였어."

솔직하지 말했지만, 토르는 의심의 눈을 거두지 않았다.

"괜찮다니까."

"……믿어도 되는 거죠?"

"그러니까 날 좀 믿으……."

"야, 작작 좀 무시해!"

앗! 결국 오그가 폭발했다.

"애초에 신! 네가 날 배신하는 바람에 이런 꼴을……!"

"실례예요, 아우구스트 님. 그럼 저랑 한 데이트가 벌칙이었다는 뜻인가요?"

"아, 아니. 결코 그런 뜻은……."

두 여자 사이에서 시달린 건 알겠지만, 그걸 본인 앞에서 말하면 안 되지.

에리는 뺨을 부풀리며 화를 냈다.

"신 씨. 오늘은 배려해주셔서 감사했어요. 덕분에 아우구스트 님과 데이트를 만끽할 수 있었답니다."

"전 오라버니랑 처음으로 거리를 산책했어요! 즐거웠어요!"
에리뿐만 아니라 메이도 무척 만족한 모습이었다.
하긴, 왕족이니 이런 경험은 당연히 처음이었겠지.
오히려 자주 같이 다닌다고 하면 내가 더 놀랐을 거다.
"그런가. 잘됐네, 메이."
"에헤헤헤."
머리를 쓰다듬어주자 메이를 흐물흐물하게 풀어진 얼굴로 웃어주었다.
솔직히 내가 더 치유되는 기분이다.
"이 반응을 보면 알겠지? 앞으로도 약혼자랑 동생에게 시간 좀 자주 내줘."
"에리는 그렇다 쳐도 메이까지 말인가……."
"너무해요, 오라버니!"
왕족 남매의 꽁트에 모두가 웃었지만, 웃지 못하는 사람도 있었다.
"토, 토르야. 그, 그렇게 전하를 막 무시해도 돼?"
"예? 아, 괜찮습니다. 이런 건 일상다반사라서요."
"일상? 이게?"
토르의 약혼자인 카렌 씨는 오그를 무시한 채 나와 대화한 그의 모습에 충격을 받은 듯했다.
그러고 보니 오그는 왕태자였지.
이윽고 율리우스와 사라 씨, 토니와 릴리아 씨도 합류했다.

"다녀왔소이다."

"우리도 왔어. 응? 전하는 또 왜 저러셔?"

"플레이드인가……. 난 널 진심으로 존경한다."

어째선지 오그는 눈이 부신 듯한 얼굴로 토니를 바라보았다.

오늘은 어지간히 지친 건지 평소에 보기 어려운 모습을 자주 보여주었다.

토니는 한순간 무슨 말인지 몰라 당황했지만, 오그의 모습을 보고 뭔가를 눈치챈 모양이었다.

"그런 거였나요. 전하, 아무리 피곤하셔도 그렇지 여자 앞에서 그런 모습을 보이면 안 되죠."

"얼티밋 매지션즈 차석인 전하께도 약점이 있었구려."

"으으……."

웬일로 토니가 오그를 설교하고 율리우스가 가볍게 놀리자, 누군가가 토니의 옷을 잡아당겼다.

토니의 여친인 릴리아 씨였다.

"토, 토토토, 토니 군! 전하께 그런 식으로 말하면 어떡해! 처형당하면 어쩌려구!"

"응? 이 정도는 괜찮아."

"정말로?!"

"이 정도로 처형당하면 신은 지금쯤 다짐육이 됐을걸."

솔직히 예시가 좀 너무하잖아, 토니.

릴리아 씨가 허겁지겁 토니를 오그에게서 떼어놓았지만,

사라 씨도 충분히 놀란 얼굴이었다.

하긴, 자기 약혼자가 주군을 놀리는 모습을 봤으니 당연한 반응이리라.

"카렌 씨, 사라 씨, 릴리아 씨. 좀 놀랐을지도 모르지만, 이게 우리의 평소 모습이니까 이틈에 익숙해져. 아무래도 오래 알고 지내게 될 것 같으니 말야."

나는 신규 멤버들에게 앞으로의 일도 포함해서 그렇게 부탁했다.

"으, 응. 알았어, 월포드 군."

"알겠사옵니다, 월포드 님."

"무, 무리라구요~!"

카렌 씨와 사라 씨는 바로 수긍했지만, 릴리아 씨는 한사코 거부했다.

뭐, 조만간 적응하겠지.

이어서 마크와 올리비아 커플은 평범하게 합류했다.

역시 이 둘은 사귄 기간이 길어서 그런지 무척 차분한 분위기였다.

쇼핑 중에도 딱히 이렇다 할 문제는 없었다고 한다.

거리를 돌아다니기만 해도 소동에 휘말리는 우리와는 천지차이였다.

내심 목표로 삼은 커플도 합류했으니 남은 건 여성 3인조뿐.

유리는 그렇다 쳐도 앨리스와 린은 솔선해서 문제를 일으키는 타입이다.

제발 아무 일도 없기를.

그렇게 비는 사이에 결국 셋이 모습을 드러냈고, 나뿐만 아니라 모두가 아연실색했다.

"엄청 귀여워요, 언니들!"

메이는 짐승귀가 달린 롱 파카 차림으로 등장한 세 명을 보고 솔직하게 귀엽다고 평가했다.

아니, 확실히 귀엽기는 했다.

강아지 귀가 달린 후드를 뒤집어쓴 앨리스는 평소 이미지 그대로였고, 그건 고양이 귀의 린도 마찬가지였다.

하지만 우리를 경악하게 한 건 이 사고뭉치들이 아니라 그 뒤에서 등장한 인물이었다.

유리가 왜 토끼?

아니, 토끼 귀 자체는 귀엽긴 한데 문제는 그 아래쪽이었다.

롱 파카가 무릎까지 내려오는 앨리스와 린은 딱히 문제될 게 없었다.

하지만 유리의 파카는 무릎 위로 거의 오십 센티는 돼 보였다.

더욱이 지퍼가 끝까지 잠기지 않아서 가슴 위를 훤히 드러낸 상태였다.

어? 설마 이런 꼴로 시내를 돌아다닌 거야?

"……신 군."

"헉!"

그러다 시실리의 싸늘한 목소리에 퍼뜩 정신을 차렸다.

아차, 그만 넋을 잃고 말았다.

"우후후, 너무 뚫어지게 보시는 거 아닌가요?"

"아, 아니! 저런 꼴로 시내를 돌아다녔으니 혹시 무슨 일이 있었던 게 아닐지 걱정돼서!"

으아, 이건 완전히 변명이잖아!

"다들, 왜 그래애~? 역시 이 옷 이상해?"

"안 이상해! 안 이상하니까 옷은 잡아당기지 마!"

이 이상은 진심으로 위험했다.

본인은 우리의 시선을 보고 어울리지 않는다고 생각한 모양이지만, 엄청 잘 어울릴 뿐만 아니라 무지막지하게 섹시하기까지 했다.

……웃는 얼굴로 옆구리를 꼬집는 시실리가 무서웠다.

그리고 나중에 와서 돌이켜보면 결국 이 해프닝 때문에 난 정작 가장 중요한 사항을 묻는 것을 깜빡하고 말았다.

앨리스와 린이 대체 무엇을 샀는지를…….

제4장 생일 파티의 서프라이즈

마지막에 예상치 못한 해프닝이 있었지만, 우리는 대부분 만족한 얼굴로 프레겔시를 뒤로 했다.

다들 거기서 선물을 산 모양이지만, 난 지금부터 만들 예정이다.

거긴 힌트를 얻으러 간 것뿐이었다.

그리고 며칠 후, 난 마크의 생일에 내가 만든 공구를 선물했다.

이게 이름이 뭐더라?

아무튼 겉모습은 펜에 가깝지만, 펜촉 대신 다양한 어태치먼트를 번갈아 끼우면서 쓰는 물건이었다.

그 어태치먼트들이 회전하면서 구멍을 뚫거나, 표면을 깎고 다듬는 식이다.

내가 사용법을 간단히 보여주자 마크는 이걸로 가공 작업이 훨씬 편해지겠다며 크게 기뻐했다.

인사치레가 아니라 진심으로 말이다.

역시 친구의 이런 반응을 보는 건 나로서도 기쁜 일이었다.

그리고 난 아이디어만 제공했을 뿐 실제로 공구를 만들어준 건 역시 빈 공방의 기술자였다.

제작을 맡긴 기술자가 본인이 쓸 것도 만들어도 되냐고 부탁해서 허락해줬더니 다른 기술자들도 잇따라 같은 공구를 만들기 시작했다.

역시 새로운 공구의 존재가 그만큼 매력적으로 보인 모양이었다.

덕분에 창작욕을 크게 자극받은 기술자들은 이걸로 업무 효율이 늘어날 거라든가, 완성도를 더 올릴 수 있겠다며 무척 기뻐했다.

그리고 난 시실리와 마리아에게 줄 선물도 제작을 의뢰했다.

담당 기술자의 말로는 기존에 있는 물건이지만, 이런 형태로 만드는 아이디어를 낸 건 내가 처음일 거라고 한다.

다들 굉장한 관심을 보이며 디자인을 포함한 제작 과정에 여럿이 참여해서 만들어주기로 했다.

그렇게 마침내 완성된 물건을 본 사장님이 이건 틀림없이 잘 팔릴 거라면서 상품으로 내놓으려 했지만, 첫 완성품은 시실리와 마리아에게 주고 싶어서 일단 그때까지 유보하기로 했다.

생일 파티가 끝날 때까지 재고를 어느 정도는 확보하겠다고 의욕을 보였으니 판매는 이미 확정 사항이리라.

그건 그렇고 전자제품을 대신하는 마도구는 존재하는데 그 이상 발전하지 않는 건 역시 이상했다.

할머니 말대로 마도구 업계는 조금 폐쇄적이랄까, 한계에 부딪힌 상태일지도 모르겠다.

디스 아저씨는 마석 채굴 조건을 발표하면 이쪽 업계도 발전할 거라고 했지만…… 글쎄, 과연 어떨까?

그리고 저번에 쇼핑하러 갔을 때 학교 이야기는 전혀 안 나왔지만, 실은 지금 휴교 중이었다.

이번 작전에 동원된 학생들은 전부 귀국했지만, 개학은 내년부터라고 한다.

사망자는 없었지만, 정신적인 부담이 컸을 거라고 위에서 판단했기 때문이다.

마침 시기적으로도 곧 겨울 방학이기도 했고 말이지.

그래서 그 사이에 한가해진 우리는 각자 개별 행동을 취했다.

시실리는 변함없이 우리 집에 오거나 친가에서 부모님께 효도하는 등 전투와는 거리가 먼 일상을 보냈다.

마리아는 미란다와 자주 마물을 사냥하러 다녔다.

정말로 많이 친해진 모양이다.

하지만 다른 멤버들의 동향은 잘 알 수 없었다.

각자 사생활이 있는데 그걸 꼬치꼬치 확인할 수도 없는 노릇이니 말이다.

다만, 황야에 가면 늘 일정 수가 모여서 마법을 훈련하는 모습이 보였다.

참고로 나는 공방에 자주 틀어박혔다.

프레겔시에서 마차를 봤을 때 떠올린 아이디어를 사장님에게 제안하자, 부품만이라면 문제없을 거라는 확답을 듣고 그걸 개발하는 중이다.

일부 파츠만 만들어서 파는 거면 기존 업자들의 일자리를 빼앗을 걱정도 없을 터.

할머니는 용케도 이런 생각을 떠올렸다면서 기막혀 했지만, 개발하는 것 자체는 문제없다는 언질을 얻어서 나도 기쁘게 공방에 틀어박힐 수 있었다.

"개발에 몰두하는 건 좋지만, 시실리도 잊지 말고 상대해 주렴."

"응? 그러고 있는데?"

"예, 가끔 데이트도 하고 있어요."

그런 잔소리도 들었지만, 그건 솔직히 할머니가 못 본 것뿐이었다.

우리는 집에 있을 때는 마음껏 꽁냥거렸고, 가끔은 우리 얼굴을 모르는 도시에 가서 데이트도 즐기곤 했다.

저번에 나 혼자 돌아다녔던 게 아쉬워서 시실리를 데리고 다시 한 번 프레겔시에 간 적도 있었다.

그때 내 얼굴을 본 어떤 남자가 비명을 지르며 달아나는 사건이 있었다.

난 처음 보는 얼굴이었지만, 시실리가 쓴웃음을 짓는 걸 보고 그제야 요전에 마리아가 언급했던 헌팅남이라는 사실을 눈치챘다.

아니, 그보다 얼굴을 보자마자 도망치다니…… 마리아는 대체 무슨 짓을 한 거야?

내가 그렇게 최근 있었던 일들을 되새기고 있자, 할머니가 놀란 얼굴로 중얼거렸다.

"대체 어느 틈에……."

"아니, 애초에 요즘 온천에 너무 오래 가 있는 거 아냐? 둘 다 집에 거의 붙어있질 않던데."

할머니와 할아버지는 요즘 집을 비우는 경우가 잦았다.

어딜 다녀온 거냐고 물으면 대부분 온천이라는 대답이 돌아왔다.

그러다 몸 퉁퉁 붇는다?

"뭐, 잘 지내고 있다면 더 할 말은 없구나."

왠지 말을 돌리는 것 같은 느낌이었다.

하지만 두 사람의 행동에 딱히 뭐라 참견할 생각도 없었고, 내가 공방에 틀어박혀도 잔소리를 하지 않으니 이건 이것대로 상관없었다.

그런 식으로 휴일을 보내는 사이에 마침내 우리의 생일이 찾아왔다.

◆

많은 사람을 수용할 수 있는 월포드가의 홀은 현재 입식형 파티장으로 변모해 있었다.

우리 집인데도 이런 호화스러운 파티를 준비했을 줄은 꿈에도 몰랐다.

아니, 애초에 이 홀을 쓰는 것 자체를 처음 봤다.

대체 왜 이렇게 호화로운 거지?

"그야 월포드가에서 여는 파티니까요. 궁상스러운 파티는 열 수 없지요."

내가 의문을 표하자 메이드장인 마리카 씨를 비롯한 사용인들은 그렇게 대답했다.

아니, 월포드가는 그냥 평민 집안인데요…….

그리고 파티장을 지켜보고 있자 오늘의 주인공 두 명이 가족과 함께 등장했다.

"와. 뭐야 이거?"

"굉장해요."

마리아도 예상보다 호화스러운 파티장의 모습에 놀랐고, 우리 집에 자주 드나드는 시실리도 설마 이렇게까지 준비했을 줄 몰랐던 모양이었다.

"시실리도 몰랐구나."

"예. 다들 말씀해주시지 않았거든요."

“이번 파티의 주인공인 작은 마님을 당일 깜짝 놀라게 해드리려고 비밀로 한 거랍니다.”

“마리카 씨…… 감사합니다. 정말 놀랐어요.”

시실리는 기뻐했고, 그 모습을 본 사용인들도 기뻐했다.

정말로 좋은 관계를 쌓은 것 같아 보였다.

그건 그렇고 일찍 온 두 사람을 일단 옷부터 갈아입혀야겠다.

지인들만 초대한 파티지만, 주인공이 평상복이면 볼품없으니 여자들은 나름 치장할 예정이었다.

그렇게 말하는 평소와 달리 나도 테라드 자켓에 넥타이를 맨 스타일이었다.

“그럼 신 군. 좀 이따 봐요.”

“아, 맞아. 머리를 세팅하지 말고 와.”

“응? 왜?”

시실리에게 그렇게 말하자 당연히 마리아가 의문을 표했다.

하지만 지금은 밝힐 수 없었다.

“아무튼. 이유는 나중에 설명해줄 테니까.”

“예, 그럴게요. 가자, 마리아.”

“나 참. 나중에 제대로 말해주는 거다?”

두 사람은 옷을 갈아입기 위해 다른 방으로 이동했다.

이렇게 봐도 정말 사이좋은 소꿉친구였다.

태어났을 때부터 알고 지냈으니 거의 자매라고 봐도 과언이 아닐지도.

그런 두 사람에게 주는 선물이라 차등을 두고 싶지는 않았다.

이번에 준비한 건 시실리와 마리아……라기보다 여자에게 호응이 좋을 거라는 사장님의 보증수표가 붙은 물건이었다.

그래서 그걸 직접 쓰는 것을 보여주려고 머리를 세팅하지 말라고 한 것이다.

참고로 오늘 이날을 위해 마리카 씨는 내가 몰래 전해준 샘플을 다른 메이드에게 사용하며 연습했다고 한다.

미용사도 아닌 내가 함부로 여자의 머리카락을 만질 수는 없기 때문이었다.

“그건 우리에게도 비밀인가?”

“어머, 슬프네요.”

“세실 씨랑 아이린 씨도 좀 참아주세요. 지금 말해버리면 깜짝 선물이 안 되잖아요.”

같이 온 세실 씨와 아이린 씨도 궁금해 했지만, 지금 밝힐 수는 없었다.

“후후, 알고 있네.”

“그냥 말해본 것뿐이야.”

“꽤 친해 보이는군.”

“그야 사위인걸. 부러워. 그에 비해 우리 애들은 정말이지…… 대체 누구부터 데려 가련지…….”

그런 세실 씨와 아이린 씨에게 말을 건 건 마리아의 부모인 아돌프 씨와 마르티나 씨였다.

아무래도 나와 스스럼없이 대화하는 클로드 부부가 부러운 듯한 인상이었다.

"뭐, 우리 집도 처음으로 남편감을 데려온 게 막내딸이었으니 말이지. 걔 언니들은 대체 뭘 하고 있는 건지……."

"고민하는 건 비슷한가……."

아, 아버지들끼리 한숨을 내쉬었다.

딸 가진 아버지는 보통 시집간다고 하면 싫어하지 않나?

……어쩌면 이젠 그런 걸 따질 상황이 아닌 걸지도.

이 세계는 결혼을 일찍 하니 슬슬 노처녀 취급을 받는 나이에 접어든 걸지도 모르겠다. 물론 무서워서 대놓고 물어볼 수는 없겠지만 말이다.

그렇게 클로드가와 메시나가의 가장들을 지켜보고 있자 할머니가 말을 걸었다.

"초대한 손님을 데리러 잠시 다녀올 테니까 먼저 시작하렴."

"어? 누굴 초대한 건데?"

"아, 네 생일 파티를 연다고 하니 꼭 오고 싶다고 한 애들이 있거든. 미안하지만 들여보내도 되겠니?"

"그건 상관없지만, 누군데?"

"허허, 그건 만날 때까지 기대하려무나."

할아버지와 할머니는 결국 누군지 알려주지 않았다.

둘의 초대 손님이라…… 대체 누굴까.

마리카 씨와 스티브 씨에게 시선을 돌렸지만, 둘 다 모르겠다는 듯 고개를 저었다.

뭐, 할아버지와 할머니의 손님이면 이상한 사람은 아니겠지만 왠지 좀 신경 쓰이긴 했다.

그러는 사이에 손님들이 계속 도착했다.

사실 기본적으론 팀 멤버와 관계가 있는 가족들뿐이지만 말이다.

왕족은 일가가 총출동했다.

"생일 축하한다, 신 군. 그건 그렇고 멀린 님과 멜리다 님은 어디 계시지?"

"아, 초대한 손님이 있다면서 잠깐 나갔어."

"흠. 초대 손님이라……."

디스 아저씨는 뭔가 짚이는 데가 있어 보였다.

"왜? 혹시 알아? 디스 아저씨?"

"아니, 잠깐 추측해본 것뿐이다. 확증은 없어."

"흐응~."

디스 아저씨도 아는 사람인가. 정말 누구지?

"어? 도사님은 안 계신 건가요?"

그러자 토니의 여친인 릴리아 씨가 안타까워했다.

"저기, 릴리아. 오늘은 내 친구들의 생일 파티거든?"

"나도 알아! 알지만……."

릴리아 씨는 할머니를 존경했다.

아니, 숭배한다고 봐도 과언이 아니었다.

그런 우상을 직접 만나는 날을 고대하며 집을 나왔는데 없다고 하니 그야 실망하는 건 당연하리라.

"미안, 릴리아 씨. 금방 돌아올 테니까 잠시만 기다려줄래?"

"아! 미, 미안해요! 저, 저기 생일 축하드려요."

"고마워."

내가 말을 걸자 금방 마음을 다잡고 축하의 말을 건네주었다.

중등학원 시절에는 반장도 했었다고 하니 기본적으로는 성실하고 좋은 사람이리라.

어디까지나 할머니가 얽히면 이상해지는 것뿐 아닐까.

아무튼 거의 지인뿐이긴 해도 꽤 많은 사람이 모였다고 생각하며 주위를 살피자 오랜만에 보는 얼굴도 있었다.

"어? 미란다?"

"아, 오랜만이야. 월포드 군."

"여길 어떻…… 아, 그런가. 마리아가 초대한 거군."

"응. 요즘 친하게 지내거든."

"이야기는 들었어. 요즘 제트 부츠도 잘 쓰고 있다며?"

"그, 그렇지는……."

왠지 안절부절 못했다.

"……마리아한테 배운 건 원래 월포드 군의 기술이었는데 내가 만든 것처럼 소문이 나버려서……."

"응? 그게 무슨 소리야?"

"점프 찌르기."

"아아……."

그 장난삼아 만든 기술 말인가.

그보다 용케도 그런 기술을 실전에서 썼다는 생각부터 들었다.

"난 딱히 상관없지만, 그거 좀 위험하지 않아? 괜찮으면 바이브레이션 소드를 써볼래?"

"어? 그건 월포드 군이 합동 훈련 때 쓴 검?"

"응."

"쓰, 쓰고 싶어! 아, 하지만 비쌀 텐데……."

아, 그러고 보니 제트 부츠와 익스체인지 소드를 직접 사서 쓰고 있다고 했었지.

"괜찮아. 원래 파는 물건도 아니고 마리아의 친구니까 그냥 줄게."

"지, 진짜?!"

와, 눈이 장난 아니게 반짝거렸다.

역시 이래 봬도 검사라 새로운 무기라면 사족을 못 쓰는 모양이었다.

"그거에 지나치게 의지하는 건 좋지 못하다고 생각합니다만……."

"넌, 또 그 소리냐."

그러자 오늘은 디스 아저씨의 호위가 아니라 순수하게 초대객으로 방문한 크리스 누나가 대화에 끼어들었다.

그런 크리스 누나에게 핀잔을 준 건 지크 형이었다.

전장에서 학생의 인솔을 맡았던 두 사람은 학생들이 귀국할 때 같이 돌아왔다고 한다.

"또 그 소리?"

난 지크 형의 말이 마음에 걸려서 물었다.

"아니, 내가 기사단의 검을 바이브레이션 소드로 교체하는 게 어떻겠냐고 했더니 이 녀석이 똑같은 말을 하면서 거부하더라고. 제트 부츠는 채용했으면서……."

평소처럼 싸운다기보다는 그 이유가 궁금한 기색이었다.

확실히 제트 부츠는 기사단과 마법사단에서 채용됐지만, 바이브레이션 소드의 주문은 없었다.

"왜 그런 거야? 크리스 누나."

그래서 나도 순수하게 궁금해져서 본인에게 물어보았다.

"그 검의 날카로움은 다른 검과 차원이 다릅니다. 솔직히 그 검에 익숙해지면 검술에 소홀해지는 게 아닐까 걱정될 정도로요."

아, 그런 거였나.

바이브레이션 소드는 사물을 벨 때 특별한 기술을 필요로 하지 않는다.

아무튼 닿기만 하면 베이는 식이니까 말이다.

그래서 크리스 누나는 지금까지 필사적으로 익힌 검술이 무뎌지는 것을 경계한 것이리라.

"그, 그런가요……."

미란다가 그 이야기를 듣고 바이브레이션 소드를 포기하려 했다.

하지만 그 침울한 표정을 본 크리스 누나는 마음이 약해졌는지 말을 추가했다.

"……하지만 젊을 때 익숙해지면 좀 더 효과적인 사용법을 찾을 수 있을지도 모르지요."

"그, 그럼."

"신 군이 준다고 하니 받아두십시오. 다만, 그 검의 날카로움에 의존해서 검 수행을 소홀히 않기를 바랍니다."

"예!"

크리스 누나의 허락을 받은 미란다는 무척 기뻐보였다.

하지만 그 광경을 지켜본 지크 형은 이렇게 투덜거렸다.

"뭐야. 결국 허락할 거면 처음부터 부정하지나 말 것이지."

뭐, 결과적으로는 그런 셈이다.

"딱히 부정한 건 아닙니다! 아무리 날카로운 검이라도 닿지 않으면 의미가 없으니 검술 수련을 소홀히 하지 말라고 말하고 싶었던 것뿐이에요!"

지크 형에게 지적을 받은 게 어지간히 분했는지 크리스 누나가 발끈하며 화를 냈다.

"실제로 그걸 쓰는 신도 미셸 님의 엄격한 수련을 견딘 몸이고요."

"거, 검성님의 수련! 부러워!"

"그렇게 부러워할 만한 게 아닌데 말이지……."

"그건…… 보기만 한 나도 괴로울 정도였다.

미란다가 부러워했지만, 지크 형 말대로 그건 말 그대로 지옥이었다.

"그래. 딱히 특별할 것도 없다."

"아, 미셸 씨……."

어느 틈에 뒤에서 다가온 미셸 씨가 내 어깨에 손을 얹었다.

하지만 시실리와의 약혼 피로연 이후로 오랜만에 만난 건데도 내 검의 스승은 대뜸 터무니없는 말부터 꺼냈다.

"왕도에 온 뒤로 한참 걸렸으니 오랜만에 훈련이나 봐주마."

"아뇨, 됐거든요?!"

전력으로 거절하겠습니다!

"하하, 사양하지 마라."

"사양 아니거든요?!"

누가 이 근육뇌 좀 어떻게 해봐!

"좋겠다……."

어떻게든 미셸 씨의 지옥 같은 훈련을 피할 방법이 없을지 고민하고 있자 마침 미란다의 목소리가 들렸다.

오오, 이게 바로 복음인가!
"미, 미셸 씨! 앤 기사학원 학생이자, 이번 작전에서도 대활약한 미란다라고 해요!"
"호오, 자네가 미란다 월레스 양인가?"
"와! 제 이름을 알고 계셨어요?!"
"음. 이번 작전에서 마물에게 매우 효과적인 공격을 펼친 여학생이 있다는 소문을 들었지. 그래서 한 번 만나보고 싶었네."
"가, 감격이에요!"
"어, 어때? 장래 유망한 기사 후보생인 애부터 훈련을 봐주는 건?"
"흠. 그것도 괜찮겠군."
"저, 정말로요?!"
살았다!
미셸 씨의 관심을 미란다 쪽으로 돌리는 데 성공했어!
내가 안도의 한숨을 내쉰 순간, 크리스 누나는 게슴츠레한 눈으로 그리고 지크 형은 경악한 눈으로 날 바라보았다.
"……친구를 팔다니……."
"……네가 그러고도 사람이야?"
"아, 아니! 본인은 엄청 기뻐하잖아!"
"그래봤자 지금뿐일걸요. 앤 정말이지……."
우리가 그런 대화를 나누는 사이에 준비가 끝났는지 시실리와 마리아가 홀로 돌아왔다.

파란 드레스를 입은 시실리와 붉은 드레스를 입은 마리아는 마치 진짜 자매처럼 보였다.

"마리아…… 정말 잘 어울려."

"아, 와줬구나. 미란다."

"응. 그건 그렇고 부럽다. 난 그런 옷 안 어울리는걸."

"그럴 리가. 너도…… 팔이랑 어깨를 가리면 그럭저럭……."

"역시 안 어울리고 생각하는 거잖아!"

오, 벌써 저런 농담을 나누는 사이가 됐구나.

내가 놀라고 있자 시실리가 옷을 살짝 잡아당기더니 우물쭈물하며 내 얼굴을 올려다보았다.

"저, 저기 신 군. 어떤가요?"

불안해보이는 기색이었지만, 내가 해줄 말은 하나밖에 없었다.

"엄청 잘 어울려. 귀엽네."

"고, 고마워요!"

시실리는 그제야 안심하고 활짝 웃어주었다.

그 차림으로 그런 표정을 짓는 건 솔직히 반칙이다.

"넌 뭘 입어도 잘 어울려. 아니, 그냥 안 어울리는 옷이 없지 않을까?"

"아, 아니에요. 신 군이야말로 뭘 입어도 멋진걸요."

"그, 그래?"

"예!"
"고마워, 시실리."
"신 군……."
"나도 주인공이거든?! 나만 빼고 둘만의 세계에 빠져들지 좀 마!"
헉?!
위험했다.
미란다와 인사를 마친 마리아가 태클을 걸지 않았다면 지금쯤…….
"이것들이 진짜! 이럼 내가 마치 덤 같잖아!"
"미, 미안해. 마리아……."
"그, 그런 생각은 한 번도 안 했거든?"
"……과연 그럴까?"
으음, 큰일 났다.
주인공 중 한 명이 토라져버렸다.
"아, 음! 마리아! 조금 전에 말한대로 하자!"
"……어쩔 수 없네."
하지만 곧 그런 이야기를 나누더니 두 사람은 양옆에서 나와 팔짱을 꼈다.
"자, 잠깐 이거……."
"오늘 정돈 뭐 어때? 정말 나만 따돌릴 셈이야?"
"아까 둘이서 파티장에선 이러자고 정했거든요. 하지

만…… 오늘뿐이에요?"

둘이서 사전에 뭔가 약속한 게 있는 모양이었지만, 시실리는 오늘뿐이라고 못을 박았다.

내 팔을 강하게 끌어안고 귀엽게 올려다보고 있으니 무심코 말문이 막혔다.

부드러워…….

"……날 잊지 좀 말라고 했지!"

"아얏!"

그러자 마리아가 반대쪽에서 팔을 꼬집었다.

통증 때문에 방금 느낀 감촉을 잊어버렸다.

"으흠! 신 군, 슬슬 시작해도 되겠나?"

"아, 미안. 그렇게 해."

초대한 손님들이 거진 다 온 것을 확인한 디스 아저씨가 파티를 시작하려 한 순간.

"아, 늦지 않았나 보네."

"허허, 타이밍을 딱 맞췄군."

게이트가 열리더니 그 안에서 할아버지와 할머니가 나왔다.

"마침 시작하려던 참이었습니다. 그건 그렇고 손님이라는 건 혹시……."

"역시 자네에겐 들킨 모양이군. 뭐, 다른 손님들은 깜짝 놀랄 것 같다만."

할머니는 그렇게 말하더니 게이트 너머로 들어오라고 말

을 걸었다.

그리고 게이트에서 나온 인물을 본 순간.

""""어?""""

모두의 눈이 점이 되었다.

그야 당연했다.

아무튼 그 인물의 정체는…….

"후훗. 월포드 군과 얼티밋 매지션즈 여러분, 오랜만이에요."

"난 오늘 처음 보는 거겠구만."

……어째서?

게이트에서 나온 건 이스의 예카테리나 교황과 엘스의 아론 대통령이었다.

이 세계에서 3대 대국이라 불리는 나라들의 국가 원수.

명실공히 세계의 톱.

그런 두 사람이 할아버지가 연 게이트를 통해 불쑥 등장했으니 그야 다들 경악할 수밖에 없었다.

"역시 너희들이었나."

"어머, 알고 계셨어요?"

"뭐, 대충 짐작이었다만."

"하하, 과연."

잠깐만.

그러고 보니 디스 아저씨는 저 둘이 오는 걸 대체 어떻게 짐작한 거지?

힌트는 거의 없었잖아?

내가 그런 생각을 하는 한편, 다른 사람들은 잠시 후 퍼뜩 정신을 차리더니 그 자리에서 일제히 무릎을 꿇고 손을 맞잡은 자세로 고개를 조아렸다.

이 자리에 있는 사람들은 대부분 창신교도라 자신들이 믿는 종교의 교황이 눈앞에 나타났으니 당연하다면 당연한 반응이었다.

무릎을 꿇지 않은 건 나와 저 둘을 데려온 할아버지와 할머니, 그리고 디스 아저씨와 아론 대통령뿐이었다.

“어머, 아니에요. 오늘 주인공은 이 세 사람이잖아요? 그러니 다들 그만 일어나 주세요.”

예카테리나 씨는 모두에게 그렇게 말했다.

아, 그랬었지.

그러고 보니 이건 우리의 생일 파티였다.

너무 충격이 커서 깜빡했다.

“모처럼의 생일 파티를 저희 때문에 망쳐선 안 되죠. 저희는 그냥 일반 손님처럼 대해주세요.”

“흠, 그럼 다시 파티를 시작하도록 하지. 다들 일어나서 잔을 들어주게.”

교황님의 말이 끝나자 디스 아저씨는 다들 일어나라고 하며 파티를 재개하려고 했다.

아니, 아무리 본인이 말한 거긴 해도 그 태도가 너무 자연스러웠다.

그래서 다들 위화감을 느낀 모양이었지만, 상대는 자국의 국왕이라 깊이 캐물을 수도 없어서 자리에서 일어나 잔을 들기 시작했다.

"그럼 구국…… 아니, 구세의 영웅이 된 신 군과 그의 약혼자인 시실리 양. 그리고 이 둘의 절친한 벗인 마리아 양의 생일을 축하하며…… 건배!"

""""거, 건배!""""

그런 당혹스러운 분위기 속에서 파티가 시작되었다.

그리고 가장 먼저 우리에게 말을 걸어온 건 예카테리나 교황님이었다.

"생일 축하해. 신 군, 시실리 양, 마리아 양."

"예, 뭐…… 고맙습니다."

"가, 감사합니다!"

"감사합니다! 교, 교황 예하께서 제 이름을……."

시실리와 마리아는 자신들이 믿는 종교의 지도자가 생일 파티에 참석해줬다는 사실에 감격한 것 같았지만, 나는 아직도 이 상황이 납득이 가지 않아서 건성으로 대답했다.

대체 왜?

"축하한데이. 이렇게 직접 대화하는 건 처음이지?"

"아, 예……. 그러네요. 그건 그렇고 진짜 왜 오신 건가요?"

"사정이 좀 있지만, 그건 나중에 말해줄게. 일단 생일 파티를 즐기고 있으렴."

예카테리나 교황님은 우리에게 윙크를 하더니 아론 대통령과 디스 아저씨를 데리고 할아버지와 할머니 쪽으로 이동했다.

아무튼 그렇게 이 세계의 최고 지도자 삼인방이 우리 곁에서 멀어지자 다른 손님들이 다가오기 시작했다.

"셋 다 축하한다. 그보다 신. 이게 대체 무슨 상황이지?"

"고마워. 그리고 나도 몰라. 절찬 혼란 중이야."

"멀린 님과 멜리다 님의 위명은 타국의 국가 원수까지 움직일 수 있는 건가……."

오그가 캐물었지만, 나도 뭐가 뭔지 하나도 모르겠다.

할아버지와 할머니가 데려온 손님이니 뭔가 사정이 있는 것 같지만, 그걸 알 방도가 없었다.

혹시 요즘 따라 자주 집을 비운 건 온천에 간 게 아니라 저 둘을 만나러 갔던 걸까?

"생일 축하하네. 신 군, 시실리, 마리아. 그건 그렇고 설마 내 딸의 생일에 교황 예하께서 와주실 줄은……."

"나중에 세실리아와 실비아가 듣고 많이 아쉬워하겠어요."

"……이거 혹시 저만 참가했다고 나중에 들볶이는 패턴 아닌가요?"

세실 씨는 감회 깊은 표정으로 혼잣말을 했고, 아이린 씨는 아직 전장에 있어서 파티에 참가하지 못한 처형들을 언급했다.

그리고 시실리의 오빠이자 월포드 상회의 전무인 로이스 씨는 안색이 창백해졌다.

처형들이 얼마나 무섭길래…….

그 후에도 축하 인사를 받은 후 마침내 선물 증정식을 시작했다.

마리아는 세련된 액세서리와 잡화를 많이 받았고, 내가 받은 선물들도 비슷했다.

하지만 다들 평범한 사람은 상상조차 할 수 없는 기발한 물건을 만드는 내 선물을 고르는 게 가장 어려웠다고 저마다 한 마디씩 던졌다.

사실 난 뭘 받아도 기뻤지만, 보내는 쪽에선 아무래도 신경이 쓰인 모양이었다.

그리고 시실리가 받은 선물은…… 어째선지 대부분 육아 용품이었다.

눈앞에서 계속 쌓이는 아동복이나 아동용 장난감 앞에서 시실리는 얼굴이 완전히 빨갛게 달아오른 상태였다.

"아으으……."

"잠깐만! 다들 너무 성급한 거 아냐?!"

"그런가요? 이제 곧 마인 사태도 종식될 것 같고, 그때 두 분은 진짜 부부가 되는 거잖아요? 이제 머지 않은 것 같은데요."

아동용 드레스를 선물한 에리는 내 말에 의아한 표정을 지었다.

"아니, 그렇게 따지면 그건 너도 마찬가지잖아."

"……하긴 그랬었죠. 시실리 양이 부끄러워하는 모습을 보고 싶어서 깜빡했네요."

이봐요, 공작 영애 씨. 우리 여자 멤버들에게 너무 물든 거 아닙니까?!

주위를 둘러보자 다들 반쯤 히죽거리는 얼굴로 우리를 바라보고 있었다.

"저, 저기 신 군. 이걸 다 어쩌죠?"

시실리는 얼굴뿐만 아니라 목덜미까지 빨개진 상태로 선물들을 앞에 두고 물었다.

"고맙게 받으면 되지 않을까? 조만간 필요해질 테니…… 그치?"

"신 군…… 예!"

새빨개진 얼굴로 눈물을 글썽이던 시실리는 방긋 웃은 후 선물을 손에 쥐고 평소처럼 망상에 돌입했다.

"첫 아이는 사내아이? 아니, 여자애도 나쁘지 않을지도……."

정신은 벌써 미래로 여행을 떠난 모양이었다.

그 순간, 앨리스와 린이 시실리 앞으로 다가왔다.

그러고 보니 프레겔시에서 뭘 산 건지 물어보는 걸 깜빡했다.

물론 대답해줄 리 없겠지만, 솔직히 이 사고뭉치들이 고른 선물이 가장 무서웠다.

내가 그런 생각을 하며 뚫어지게 응시하자 앨리스가 선언했다.

"미래의 아이들을 상상하는 것도 좋지만!"

"그러려면 먼저 해야 할 일이 있어."

"예?"

"그런 고로 시실리한테는…… 자!"

"이걸 써서 월포드 군을 유혹해봐."

"예? 예?"

자, 잠깐만. 분명 아이를 만들 때 먼저 해야 하는 일이라면…….

"열어봐, 시실리!"

"분명 맘에 들 거야."

"아, 예에……."

시실리는 두 사람이 시키는 대로 포장지를 개봉하기 시작했다.

날 유혹하라고…… 앗!

"멈춰! 시실리! 여기서 열면 안 돼!"

"예? ……아으으."

내가 눈치채고 막으려 했지만 이미 늦었다.

포장지 안에 든 선물의 정체는…….

"아으, 아으, 아으……."

"또 이런 과격한 걸……."

천 면적이 엄청나게 작은 여성용 속옷이었다.

확실히 아이를 만들려면 그런 행위가 필요가 한 건 엄연한 사실이었다.

하지만 아직 열여섯밖에 안 된 여자의 생일에 야한 속옷을 선물하는 사람이 어디 있냐고!

아니, 따지고 보면 육아용품도 마찬가지인가.

시실리는 새빨개진 얼굴로 야한 속옷을 든 채 그대로 굳어버리고 말았다.

너무 자극이 강했던 모양이다.

"이, 이걸 입고 신 군이랑? 아아…… 부끄러워서 죽어버릴지도 몰라. ……그치만……."

잠깐! 혹시 기뻤던 거야?!

약혼자의 예상치 못한 일면에 내 얼굴도 뜨겁게 달아올랐다.

하지만 그 열기는 마리아의 말 덕분에 단숨에 식어버렸다.

"저기…… 왜 나도 같은 게 들어있는 거야?"

아아…… 솔로인 마리아에게는 너무나도 가혹한 선물이리라.

그야 보여줄 상대가 없으니…….

"아앙?"

히익! 그런 내 속마음을 읽었는지 마리아가 대뜸 날 확 노려보았다.

무서워!

한순간 공기가 얼어붙은 것처럼 느껴졌지만, 앨리스와 린은 목숨 아까운 줄도 모르고 계속 조잘거렸다.

"이걸 입으면 언제 어디서든 가능해!"

"준비는 중요해."

결국 마리아는 폭발했다.

"내가 남자라면 아무나 상관없는 헤픈 여자인 줄 알아?!"

"와앗!"

"왜 화내는 거야?"

"화낼 만 하니까 화내지!"

앨리스는 완전히 확신범이었지만, 린은 정말로 몰라서 저랬을 가능성이 있었다.

그리고 추격전을 시작한 세 사람을 멍하니 바라보고 있자 옆에서 누군가가 말을 걸어왔다.

"굉장하네요, 월포드 씨. 그 나이에 여자 쪽에서 2세 생각을 해주다니……."

릴리아 씨였다.

하긴 토니의 수입이 굉장한 데도 아직 결혼 생각은 해본 적이 없다고 했으니, 같은 나이의 학생이면서도 이미 결혼식이 예정된 데다 아이까지 낳을 각오가 된 우리를 보면 그런 반응이 나올 만 했다.

"뭐, 시실리랑 사귀게 된 시점에서 각오했어."

내가 그렇게 대답하자 릴리아 씨는 납득했다.

“아, 그런가. 시실리 양은 귀족이었죠.”

귀족은 세습제다.

그래서 아이를 낳는 건 의무였다.

시실리는 월포드가에 입적한 시점에서 신분이 평민으로 강등되지만, 그렇다고 클로드 자작가의 피가 어디로 가는 건 아니었다.

만에 하나의 상황이 벌어지면 내 자손이 작위를 계승할 가능성도 충분히 있었다.

그래서 시실리와 사귀게 된 시점에서 결혼과 아이는 어느 정도 각오했다.

이 마인 소동이 끝나면 바로 결혼식도 열릴 예정이다.

그러다 보니 육아용품을 봤을 때도 실제로는 크게 동요하지 않았다.

오히려 감사하다는 생각이 들 정도였다.

“그러고 보니 릴리아 씨. 할머니랑 대화는 나눠봤어?”

자타공인 할머니 팬인 릴리아 씨가 할머니가 아닌 나에게 먼저 말을 건 게 의아해서 물어보자, 그녀는 잔상이 보일 듯한 속도로 고개를 저었다.

저러다 멀미하지 않을까.

“무무무무리예요! 도사님 옆에는 현자님과 폐하와 교황 예하와 대통령 각하가 계신걸요! 저 이공간은 대체 뭐죠?!”

듣고 보니 확실히 엄청난 집단이었다.

평범한 여학생이 저기로 돌격해서 인사하려면 무모할 정도의 만용이 필요하리라.

아무튼 대체 왜 여기로 모인 걸까?

"그, 그보다 전 월포드 씨가 준비한 선물이 신경 쓰이네요."

"앗! 그러고 보니 그게 있었군요! 신 님! 이번에는 대체 뭘 만드신 겁니까!"

진심인지 화제를 돌리려는 의도인지는 모르겠지만, 릴리아 씨가 내 선물을 언급하자 토르가 득달 같이 달려들었다.

"진정해, 토르. 마크에 준 선물도 전혀 이상한 게 아니었잖아?"

"그건 뭐, 그 말씀대로였습니다만……."

"시실리랑 마리아한테 줄 선물도 마찬가지야. 기존의 일자리를 뺏을 만한 물건은 아니라고."

"정말이겠지요?"

"응. 그래서 선물 말인데……."

"잠깐!"

마침 이 타이밍에 선물을 건네려고 하자 마리아가 제지했다.

"뭐야? 마리아."

"아니, 내가 먼저 줘도 될까?"

"상관없긴 한데, 왜?"

"너 다음에 주기 싫어서!"

팀 멤버들은 그 말을 듣고 납득한 얼굴로 고개를 끄덕였지만, 다른 손님들은 의아한 얼굴을 했다.

"그럼 나부터 줄게. 자, 이거야."

마리아는 작은 상자를 내밀었다.

내용물은 가죽 팔찌였다.

"넌 이런 거 좋아하잖아. 마도구는 아니지만, 꽤 좋은 소재로 만든 거야."

"오, 진짜? 고마워!"

"별말씀을."

"저, 저기…… 저도……."

그리고 이번에는 시실리가 더 작은 상자를 내밀었다.

"고마워, 시실리. 이건 뭐야?"

"그게…… 반지에요. 생각해보니 전 몇 개나 받았는데, 신군에게는 아직 선물한 적이 없는 것 같아서……."

"그런가. 열어봐도 돼?"

"아, 예!"

시실리의 허락을 받고 상자를 열자 약간 폭이 넓은 은반지가 눈에 들어왔다.

"오, 멋진 디자인이네! 고마워, 시실리!"

"기뻐해주셔서 다행이에요. 그리고 저기……."

"응?"

디자인이 멋있어서 무척 마음에 들었다.

그런 내 반응을 보고 안도의 한숨을 내쉰 시실리는 잠시 머뭇거린 후.

"이렇게…… 커플링이에요."

왼손 중지에 낀 반지를 보여주었다.

내 것보단 폭이 얇지만 디자인은 동일했다.

뭐야 이거! 엄청 기쁘잖아!

"커플링이라……. 그러고 보니 이건 아직 안 했었네. 고마워, 시실리. 무지 기뻐."

"에헤헤…… 다행이다."

수줍게 웃는 시실리가 너무나도 귀엽고 사랑스럽게 보였다.

"앗……."

그래서 무심코 끌어안고 말았다.

"고마워 시실리…… 진심으로 기뻐."

"아, 신 군……."

시실리 쪽에서 커플링을 선물해준 게 너무 기뻐서 도저히 감정을 주체할 수가 없었다.

그녀의 눈을 응시하며 얼굴을 가져다댄 순간.

"뜬금없이 발정하지 마! 이 바보 녀석!"

"아얏?!"

뒤통수에서 충격을 느끼고 제정신을 차리자 어느새 할머니가 주먹을 불끈 쥐고 내 뒤에 서 있었다.

"사람들이 보는 앞에선 좀 자중해! 알겠니?!"

아차, 그러고 보니 오늘은 시실리의 가족도 있는데 이런 대형 실수를…….

“하으으!”

결국 시실리가 부끄러움을 견디다 못해 내 가슴에 얼굴을 파묻었다.

정말 이 버릇을 고치긴 해야 할 것 같았다.

이러다 조만간 시내에서 청소년 관람불가 수준의 일을 저지를지도…….

“으음. 그, 그럼 내 선물도 줘볼까.

어떻게든 이 상황을 얼버무리기 위해 허겁지겁 이공간에서 상자 두 개를 꺼냈다.

시실리와 마리아가 준 것보다 약간 큰 이 선물 상자 안에 들어있는 건 둘 다 똑같은 물건이었다.

“좀 크네. 이거 뭐야?”

“설명해줄 테니까 열어봐.”

“아…… 예!”

간신히 부활한 시실리, 그리고 마리아가 포장을 뜯고 상자를 연 순간.

“빗? 그리고…… 봉? 판? 뭐야 이게?”

“쓰는 법을 알려줄게. 둘 다 잠깐 의자에 앉아볼래?”

나는 두 사람을 의자에 앉히고 설명을 시작했다.

“머리를 세팅하지 말라고 한 건 이 자리에서 이걸 쓰는 걸 보여주기 위해서였어.”

"이 자리에서?"

내 선물은 『에어브러시 드라이기』와 『헤어 아이론』이었다.

목욕 문화가 보급된 세계라 당연히 헤어드라이기도 존재했지만, 그건 어디까지나 온풍만 나오는 데다 덩치도 큰 설치형이었다.

에어브러시 드라이기와 헤어 아이론은 어디에도 존재하지 않았다.

그래서 자세한 사전 조사 끝에 이것들을 만들기로 결심한 것이다.

패션을 신경 쓰는 여자들에게는 그야말로 최고의 선물이 되리라.

"머리카락? 이건 빗인 건 알겠는데, 빗을 마도구로 만든 거야?"

어떻게 쓰는 지는 감이 안 잡히는 모양이었다.

역시 사전에 마리카 씨에서 샘플을 줘서 연습해보길 잘한 것 같았다.

"작은 마님, 마리아 님. 제가 신 님께 쓰는 법을 배웠으니 머리를 만져드려도 될까요?"

"예? 그런가요?"

"용의주도하기는…… 그럼 부탁할게요."

"예."

마리카 씨는 두 사람에게 선물한 마도구를 손에 들었다.

"이쪽은 기동하면 온풍이 나옵니다. 그리고 이쪽은 이렇게 벌려서 머리카락을 끼우는 겁니다."

그리고 직접 사용하면서 설명했다.

"이 에어브러시 드라이기를 쓰면 머리카락을 자유자재로 세팅할 수 있습니다. 이런 식으로요."

마리카 씨는 먼저 에어브러시 드라이기로 마리아의 머리카락부터 세팅하기 시작했다.

그렇게 몇 번 빗자 머리카락이 부드럽게 굽이쳤다.

"와! 와! 이거 뭐야! 굉장해! 저기, 제가 직접 해봐도 될까요?"

"예, 여기요."

마리아는 손에 에어브러시 드라이기를 들고 직접 머리를 만지기 시작했다.

"오~ 굉장해! 간단히 깔끔하게 정리됐어!"

무척 감동한 눈치였다.

이어서 마리카 씨는 헤어 아이론으로 시실리의 머리카락을 세팅했다.

"이쪽은 이 인두 부분이 뜨거워지는 구조입니다. 이 사이에 머리카락을 끼우고……."

"아, 머리카락이…… 바로 곧게……."

시실리는 헤어 아이론이 움직일 때마다 자기 머리카락에 곧게 펴지는 광경을 보고 눈을 크게 떴다.

그렇게 전체적으로 편 후에 옆머리를 둘둘 감자 누가 봐도 아름다운 헤어스타일이 완성되었다.

"이, 이렇게 쉽게! 굉장해요, 신 군! 고맙습니다!"

"고마워, 신! 이런 굉장한 선물은 태어나서 처음 받아봐!"

다행이다. 둘 다 내 선물이 마음에 든 것 같았다.

"이건 완전 신상품이니 기존 업자들이랑 충돌할 일도 없겠지?"

"그건 그렇지만…… 정말 한 번쯤 머릿속을 들여다보고 싶네요. 어떻게 이런 발명품들이 계속 나오는 건지……."

토르도 그제야 안심한 모양이었지만, 이번엔 다른 이유로 기막혀 했다.

물론 내 머릿속에는 전생의 기억이 들어있다고 밝힐 수도 없는 노릇이라 웃어넘긴 순간, 갑자기 등골이 싸늘해졌다.

뭐, 뭐지?!

그리고 주위를 둘러본 순간.

"신 씨! 이건 뭐죠?! 대체 뭐냐구요!"

"월포드 군! 나도! 나도 저거 갖고 싶어~!"

여자들이 이글거리는 눈으로 날 포위하고 있었다.

"어? 자, 잠깐만…… 다들 진정……."

그녀들은 말릴 틈도 없이 나에게 달려들었다.

사, 사람 살려!

"신 군! 나도! 나도 저것 좀 구할 수 없겠니?!"

놀랍게도 그 중에는 예카테리나 교황님도 있었다.

아무튼 여성진의 폭주를 어찌어찌 수습한 후, 나는 다시 예카테리나 교황님과 마주 보았다.

"하아, 후우…… 미안, 잠시 이성을 잃었나 봐."

"아, 아뇨. 그건 딱히 상관없는데……."

"그만큼 이 마도구가 매력적인 거야! 판매할 예정은 있니?"

"공방에서 이미 양산 체제에 돌입했어요. 뭐, 여기서 풀면 두 사람에게 생일 선물로 준 의미가 없으니 나중에 가게에서 사주세요."

"언제?! 언제부터 파는 거죠?!"

에리는 원래 약간 곱슬머리라서 그런지 엄청 필사적이었다.

"아직 출시 전이지만, 여기 있는 사람들한테만 먼저 팔게. 희망자는…… 여, 여자 전원인가."

내가 희망자라고 말하자마자 여자들이 전부 손을 번쩍 들었다.

그 중에는 로이스 씨도 있었다.

어째서?

"동생들이 쓸 걸 확보해두지 않으면 나중에 무슨 짓……이 아니라 무슨 소릴 들을지 몰라서."

아니, 잠깐. 당신은 우리 상회 전무잖아요? 물건이 들어오면 따로 빼놓으면 될 텐데…….

하지만 아련한 눈으로 먼 곳을 보는 로이스 씨의 모습이 너무나도 애달파보여서 입을 다물 수밖에 없었다.

진짜 처형들이 무서운가 보다.

그건 그렇고 여자들의 호응이 괜찮을 거라고 대충 예상은 했지만, 설마 이 정도까지 과격하게 반응할 줄은 몰랐다.

아무래도 공방을 또 확장해야 할 것 같았다.

"으흠! 그럼 마지막으로 우리 선물도 받아주겠니?"

이윽고 예카테리나 교황님이 작은 선물 상자를 내밀었다.

"예? 교황 예하께서 직접 선물을요?!"

"아아…… 가, 감사합니다!"

설마 이런 상황이 올 줄 꿈에도 몰랐던 마리아와 시실리는 놀라는 동시에 기뻐했다.

"우후훗, 열어 보렴."

""아, 예!""

두 사람은 허겁지겁 선물을 개봉했다.

나만 가만히 있는 것도 좀 그래서 나도 같이 개봉했다.

그리고 안에서 나온 건 별 모양의 엠블럼이었다.

목에 걸 수 있게 체인도 달려 있었다.

""이, 이건?!""

이게 뭐지?

"이건 내가 직접 축복을 내린 엠블럼이란다. 소중히 간직해주렴."

"소재는 내가 최고급으로 준비한 거데이."

"""……."""

예카테리나 교황님이 손수 축복을 내렸을 뿐만 아니라 소재를 마련한 게 다름 아닌 아론 대통령이라는 사실을 알게 된 시실리와 마리아는 놀라서 말문을 열지 못했다.

아, 그런가.

이 별 모양의 엠블럼은 전생의 십자가 같은 건가 보다.

하긴, 이쪽 세상에서도 종교적인 상징으로 똑같이 십자가를 쓰진 않겠지.

아마 창신교의 교회에는 이 엠블럼이 걸려 있지 않을까 싶었다.

물론 가본 적 없으니 확실하진 않지만!

그렇다는 건 창신교도가 대부분인 다른 사람들은 평소에도 이런 걸 몸 어딘가에 간직하고 있을 가능성이 컸다.

그런 생각을 하며 옆으로 시선을 돌리자 시실리와 마리아는 감격한 나머지 눈물을 글썽이고 있었다.

"이런…… 이런 멋진 선물을……."

"감사합니다! 평생 소중히 할게요!"

시실리는 너무 기뻐서 목이 멘 것 같았고, 마리아는 평생 소중히 간직하겠다고 맹세했다.

하지만 예카테리나 교황님은 별다른 반응이 없는 날 보고 아쉬운 표정을 지었다.

"……신 군은 별로 안 기쁜가 보네?"

"예? 아, 그게…… 딱히 그런 건……."

“이 녀석은 종교에 관해 거의 아는 게 없단다.”

솔직히 처음 보는 물건이라 뭐가 고마운 건지 실감이 가지 않았다. 하지만 그걸 선물해준 본인에게 솔직하게 말할 수도 없는 노릇이라 쩔쩔매고 있자 할아버지가 대신 나서주었다.

이걸로 일단 안심한 순간, 할머니가 터무니없는 폭탄을 투하했다.

“신(神) 같은 불확실한 존재를 의지하는 것보다 자기 앞길은 스스로 개척해줬으면 했거든.”

“메, 멜리다 님, 여기서 그런 말씀을…….”

할머니…… 그건 종교지도자 앞에서 해도 될 말이 아니잖아?

“신앙 자체를 부정하려는 건 아니다. 인간에게는 정신적인 버팀목이 필요하니까. 다만, 이 아이는 딱히 그런 것에 매달리지 않아도 자기 앞길을 개척할 수 있는 힘과 정신력이 있더구나. 그래서 알려주지 않은 거다. 단지 그뿐이야.”

오오, 왠지 내 속을 전부 파악하고 있는 것 같은 평가였다.

그만큼 평소에도 날 잘 지켜봤다는 뜻이겠지.

왠지 좀 기뻤다.

아무튼 이걸로 선물 증정식은 끝났다. 남은 건 지인들과 즐거운 시간을 보내는 것뿐.

그러고 보니 딱 1년 전이었다.

내 인생이 바뀐 열다섯 살의 생일날.

처음에는 왕도가 아니라 산속의 집 근처에 있는 도시에서 자립할 예정이었다.

솔직히 거기서도 어떻게 살지 아무런 계획이 없었지만, 분명 할아버지가 뭔가 준비해줬을 거라고만 막연히 생각하고 있었다.

따지고 보면 지금까지의 내 인생은 전부 할아버지가 이끌어주는 대로만 따라다닌 셈이었다.

그랬더니 실은 일반 상식을 하나도 배우지 않았다는 사실이 판명되었고, 나와 할아버지를 제외한 모두가 경악했다.

그렇게 당시의 추억을 되새기자 자연스럽게 웃음이 흘러나왔다.

"신 군?"

그러자 시실리가 놀란 표정으로 얼굴을 들여다보았다.

"응? 아, 갑자기 작년 생일 때가 떠올라서."

"작년이요?"

"응. 사실 난 작년 생일 때까지만 해도 왕도의 학교로 진학할 예정은 없었어."

"예?"

그러고 보니 이건 말해준 적 없었나.

"열다섯 살을 맞이해서 성인이 되면 집 근처의 도시에서 자립하라고 했었거든."

"그, 그럴 수가……."

"그랬는데."

당시의 추억을 떠올리자 다시 웃음이 나왔다.

"막상 나랑 할아버지는 그 후의 계획을 전혀 세운 게 없었어. 그리고 실은 내가 일반 상식이 전혀 없다는 사실도 발각됐고."

숲 밖의 일은 딱히 크게 관심도 없었다.

어설프게 전생의 기억이 있기 때문인지 막연하게 검과 판타지의 세계라고만 단정 짓고 더 알 필요도 없다며 섣부른 결론을 내렸던 것이다.

그래서 될 수 있으면 산속의 집에서 할아버지와 계속 은둔생활을 하고 싶었다.

새로운 인생이라기보다 마치 롤플레잉 게임의 연장선 같은 느낌이라 현실감도 딱히 없었다.

하지만 숲 밖의 세상은 전생의 세상과 그리 다르지 않았다. 엄연한 현실이었다.

그렇게 전생의 기억에 매몰된 탓에 난 전생의 현생의 상식이 크게 어긋나 있다는 사실도 전혀 눈치채지 못했던 것이다.

"그래서 디스 아저씨가 제안한 거야. 왕도에 있는 고등 마법학원에 다니면서 일반 상식을 배워보는 건 어떻겠냐고."

"그랬던 거군요."

아마 당시의 디스 아저씨는 내 이런 뒤틀린 부분을 눈치채고 있었으리라.

그래서 왕도에 있는 학교에 보내서 그 부분을 바로잡아주려고 했던 게 아닐까 싶었다.

"그러니 마침 딱 1년 전에 인생이 바뀐 셈이지."

"인생이요?"

"응. 전에도 말했었지? 난 고등 마법학원에 친구를 만들러 온 거라고."

"예."

"봐."

난 오늘 생일 파티에 모여 준 사람들을 둘러보았다.

작년에도 있었던 디스 아저씨와 미셸 씨와 지크 형과 크리스 누나뿐만 아니라 훨씬 더 많은 사람이 와서 축하해주었다.

"고작 1년이었어. 그 1년 만에 내 주위는 어느새 이렇게 떠들썩해졌더라고. 그걸 자각했더니 나도 모르게 웃음이 나오더라."

"그랬군요."

그리고 시실리도 나와 같이 떠들썩한 지인들의 모습을 바라보았다.

오그는 또 메이를 놀린 건지 에리에게 주의를 받고 있었다.

원래는 호위 역할인 토르와 율리우스는 호위 대상인 오그를 내팽개치고 마크와 올리비아와 담소를 나누고 있었다.

토니는 굉장한 사람들 사이에서 완전히 굳어버린 릴리아 씨 옆에 찰싹 달라붙어 있었다.

앨리스와 린은 요리가 차려진 테이블을 이리저리 돌아다니며 정신없이 배를 채우는 중이었고, 유리는 그런 둘을 난처한 얼굴로 바라보고 있었다.

마리아는 빨리 남친을 만들라는 부모의 설교에 결국 폭발했다.

이제는 일상이 된 광경.

고작 1년 전까지만 해도 상상도 할 수 없었던 꿈만 같은 광경이었다.

물론 그렇다고 그 전까지의 인생에 딱히 불만이 있는 건 아니었다.

할아버지와 할머니의 애정을 듬뿍 받으며 자랐고, 내 주위에는 디스 아저씨와 미셸 씨와 톰 씨와 지크 형과 크리스 누나도 있었다.

하지만 이제 와선 그때로 돌아가고 싶지 않았다.

이런 따스함과 즐거움과 편안함을 알게 된 이상 다시는 그때로 돌아갈 수 없었다.

"진심으로…… 왕도에 오길 잘한 것 같아."

무심코 그런 말이 흘러나오자 시실리가 내 팔을 잡고 몸을 기댔다.

"잘됐네요."

그리고 부드럽게 웃어주었다.

그리고 보니 내 인생이 바뀐 가장 큰 증거가 바로 이렇게 눈앞에 있었다.

"응. 하지만 왕도에 와서 가장 좋았던 건……."

그렇게 말하고 눈을 응시하자, 시실리는 가만히 뒷말을 기다렸다.

"……바로 널 만났던 거야."

"신 군……."

만약 작년 그날에 내가 일반 상식을 전혀 모른다는 사실이 발각되지 않았다면 과연 지금쯤 어땠을까?

"그럼…… 제 인생도 작년 그날에 바뀐 거네요."

이번에는 시실리가 이야기를 시작했다.

"전 옛날부터 남자가 정말 거북했어요. 왠지…… 무서워서……."

마리아의 말로는 어릴 때부터 남자애들에게 여러모로 시달렸다고 한다.

아마 그건 나름대로의 미숙한 호감 표현이었으리라.

그 아이들은 시실리의 관심을 받고 싶어서 한 짓이었겠지만, 결국 전부 역효과로 돌아왔고 시실리는 오히려 더더욱 남자의 접촉을 피하게 되었다.

"하지만 신 군은 달랐어요. 처음 만났을 때부터 전혀 무섭지 않았고, 오히려 대화를 나누는 게 즐거웠어요."

그러고 보니 처음 만났을 때도 시실리는 수줍어하긴 했어도 딱히 날 두려워하는 기색은 없었다.

"그리고 시험 날에도 합격 발표 날에도 제 눈은 언제나 신 군을 찾고 있었어요. 이런 감정이 든 건 태어나서 처음이었죠."

사실 그때는 나도 다시 한 번 만나고 싶었지만, 결국 찾지 못했었다.

"그래서 입학식 날 신 군의 모습을 봤을 땐 정말 기뻤어요. 그땐 왠지 모르게 가슴이 터질 것만 같았어요. 이것도 전부…… 신 군이 왕도에 와준 덕분이겠죠."

시실리의 눈이 물기에 젖기 시작했다.

"좋아해요. 정말 좋아해요, 신 군. 당신과 만나서 정말 다행이에요."

"나도야, 시실리……. 널 만나서 정말 다행이야."

우리는 서로의 기분을 다시 한 번 확인했다.

시실리를 이보다 더 좋아하게 될 일은 없으리라 생각했던 건 기쁜 오산이었다.

그녀에 대한 사랑이 끝없이 흘러넘쳤다.

이 사랑스러운 존재와 단 한시도 떨어지고 싶지 않았다.

미칠 것 같은 애정을 주체할 수가 없었다.

그리고 어느새 난 그녀의 몸을 강하게 끌어안고 있었다.

시실리도 저항하지 않고 오히려 날 강하게 끌어안아 주었다.

"시실리……."

"신 군……."

더는 이 감정을 표현할 말이 없었다.

남은 건 행동으로 표현할 뿐.

흘러넘치는 애정에 몸을 맡긴 채 얼굴을 천천히 내민 순간.

“““‘꿀꺽…….’”””

갑자기 마른침을 삼키는 소리가 들려서 동시에 그쪽을 돌아보았다.

그러자 긴장한 얼굴의 메이를 필두로 초대객 전원이 우리를 빤히 쳐다보고 있었다.

“아, 아아아…….”

“하, 하으으…….”

“아아~ 이제 조금이었는데.”

그렇게 둘만의 세계에서 빠져나온 순간, 우리는 자신들이 과연 어떻게 보였을지 자각하고 크게 동요했다.

그 와중에 메이는 키스 신을 놓친 것을 아쉬워했다.

요 조숙한 아가씨가!

아무리 남녀간의 애정에 관심이 생길 나이라고 해도 어린 아이에게 함부로 보여줄 만한 광경은 아니었다.

방금 이건 전적으로 자중하지 못한 우리 잘못이었다.

“하아…… 방금 뭐야? 지금까지와는 비교도 안 될 정도로 달달한 분위기던데.”

평소 같았으면 화를 냈을 마리아도 얼굴이 붉게 달아올라 있었다.

다른 여성진들도 비슷한 표정이었다.

"……!"

그 말을 들은 순간, 시실리는 결국 민망함 견디다 못 해 내 뒤에 숨어버렸다.

"허허…… 시실리도 벌써 어른이 다 됐군."

"우후훗. 사랑받고 있는 것 같아서 안심했어."

심지어 시실리에게는 부모, 나에겐 장인장모에 해당하는 사람들도 그 상황을 목격하고 말았다.

아무래도 시실리가 부활하는 건 당분간 무리일 것 같았다.

"역시 젊다는 게 좋네. 부러워."

그런 와중에 부럽다는 말까지 하는 사람도 있었다.

누군가 했더니 예카테리나 교황님이었다.

하지만 나는 그 발언에서 왠지 모를 위화감을 느꼈다.

이 세계에선 성직자라고 해서 딱히 연애와 결혼이 금지된 건 아니고 오히려 적극적으로 장려한다고 들은 적이 있었다.

하지만 교황이라는 종교의 정점에 도달한 인물은 그런 속세의 일들과 전혀 인연이 없는 것 같은 인상을 주었기 때문이다.

그래서 부럽다는 말에 위화감을 느낄 수밖에 없었고, 동시에 갑자기 조금 전에 품었던 의문이 되살아나자 갑자기 머리가 냉정해졌다.

그러고 보니 예카테리나 교황님과 아론 대통령은 여기에 대체 무슨 이유로 온 걸까.

아무튼 이 민망한 상황을 타개하는 김에 그 의문을 적극적으로 풀어보기로 했다.

"저, 저기, 교황님. 잠깐 이야기…… 말씀 좀 나눌 수 있을 가요?"

"어머, 그렇게 딱딱하게 부르지 말고 예카테리나 씨라고 해도 돼."

"예?"

나는 내 귀를 의심할 수밖에 없었다.

놀라서 옆으로 시선을 돌리자 다들 전력으로 고개를 젓고 있었다.

하긴, 그렇겠지.

교황을 대놓고 이름으로 부르는 건 이쪽에서도 상당한 무례에 해당하는 모양이었다.

이건 아무리 본인이 괜찮다고 해도 수용하는 건 무리였다.

"저기, 그건 좀……."

"그래? 정말 난 괜찮은데…… 뭐, 됐어. 그래서? 무슨 볼 일이라도 있니?"

"그게…… 두 분이 할아버지와 할머니의 지인인 건 알겠지만, 왜 여길 오신 거죠? 아까는 사정이 있다고 하셨는데……."

그냥 대놓고 물어보기로 했다.

그러자 예카테리나 교황님, 아론 대통령, 디스 아저씨는 서로를 한 번씩 쳐다본 후.

"미안해."

"미안하데이."

"미안하다."

일제히 고개를 숙였다.

그 순간, 파티장 전체가 완전히 얼어붙었다.

어? 엥?

3대 대국의 국가 원수들이 다름 아닌 나에게 고개를 숙이고 있었다.

……아니, 이게 대체 무슨?!

"자, 잠깐만요! 그만하세요! 왜 갑자기 고개를 숙이시는 건데요!"

덕분에 조금 전까지의 핑크빛 분위기가 싹 날아갔다.

부끄러워서 어쩔 줄 몰라 하던 시실리조차 경악해서 눈을 부릅떴을 정도다.

그런 기이한 분위기 속에서 예카테리나 교황님이 대표로 이유를 설명하기 시작했다.

"우린 현재 전례 없는 세계의 위기를 맞이했어. 그리고 그런 절망적인 상황과 맞설 기수가 필요했지."

하긴 이럴 때는 구심점이 될 인물이 있는 편이 수월하리라.

"마침 그 기수가 될 인물도 있었어. 과거에 세계를 구한 영웅의 손자이자, 본인도 이미 몇 체의 마인을 토벌한 현대의 영웅이."

그리고 날 바라보았다.

솔직히 그런 거창한 찬사를 들어봤자 자각도 별로 없고, 애초에 거의 고전한 적도 없다 보니 위화감밖에 들지 않았다.

"신 군. 널 그 기수로 삼는 건 각국의 지도자들이 전부 찬성한 결과야. 난 그만큼 압도적인 지지 속에서 당시의 그 연설을 했었던 거고."

아, 그때는 진심으로 기겁했었는데 예카테리나 교황님의 독단이 아니라 전 세계 지도자들의 합의 속에서 이루어진 일이었던 건가.

"하지만 우리는…… 너무 들뜬 나머지 정작 중요한 본인의 승낙을 받는 걸 까맣게 잊고 말았어."

응. 정말로 금시초문이었다.

당시에는 진심으로 놀랐다.

"전 세계가 주목하는 자리에서 그렇게 선언하면 어떤 결과가 나올지 뻔히 알면서도 본인의 허락 없이 그런 짓을 저지른 걸 사죄하러 온 거야. 정말 미안해."

"이렇게 사과하마."

"미안하다, 신 군."

그리고 국가 원수들은 다시 한 번 고개를 숙였다.

"아니, 뭐. 사정은 대충 알겠어요. 그보다 국가 원수가 이렇게 쉽게 고개를 숙여도 되는 거예요?"

전에 할아버지도 국왕이 함부로 고개를 숙여선 안 된다고 말한 적이 있었다.

그런 사람들이 내 앞에서 두 번이나 고개를 숙이다니…… 설마 그렇게까지 죄책감이 컸던 걸까?

"그래서 오늘 이 자리를 고른 거야. 공식 석상이 아닌데도 관계자가 모여 있고 오…… 디세움 폐하도 있으니까. 아마 이런 기회는 두 번 다시 없겠지. 그래서 멜리다 님과 멀린 님께 부탁해서 같이 온 거였어."

아, 그런 거였나.

국가 원수쯤 되는 거물들이 공식 석상에서 가볍게 고개를 숙일 수는 없었다.

애당초 날 성자로 추대한 걸 사과했다간 예카테리나 교황님의 권위와 신뢰가 땅에 떨어질지도 몰랐다.

하지만 나에게 꼭 사과는 하고 싶어서 굳이 이 자리를 골랐다는 건가.

평민의 집에서 열린 파티라 할아버지의 게이트를 이용하면 주위에 들킬 걱정도 없을 테니 말이다.

"그래서 모처럼 즐거운 분위기를 망칠 줄 알면서도 어쩔 수 없이 여기로 온 기다. 그것도 진심으로 사과한데이."

"정말 미안해."

"난 자주 만나지만, 나만 사과해봤자 의미가 없겠지. 아무래도 가장 큰 실수를 저지른 예카테리나 본인이 직접 사과할 필요가 있었어. 그런데 마침 신 군이 생일 파티를 연다는 소식을 듣고 이거다 싶더군. 그래서 통신기로 미리 연락하고 멜린 님께 게이트로 두 사람을 데려와 달라고 부탁했던 거다."

아, 할머니와 할아버지가 데려온 게 아니라 디스 아저씨의 부탁을 받았던 건가.

아무리 할아버지와 할머니라도 대국의 국가 원수를 그리 쉽게 만날 수는 없을 테니 당연하다면 당연했다.

응?

아니, 잠깐만.

그러고 보니 디스 아저씨가 말한 것 중에 뭔가 엄청난 게 섞여있지 않았나?

예카테리나 교황님을 뭐?

"뭐, 가장 큰 이유는 멜리다 님께 호되게 혼이 나서지만."

"맞아. 덕분에 정신이 번쩍 들어서 내가 얼마나 생각 없는 짓을 저지른 건지 알겠더라구."

"카체는 오랜만에 머리도 콱 쥐어 박혔지."

하지만 마음을 가라앉힐 틈도 없이 계속해서 폭탄이 투하되었다.

할머니에게 혼이 났다고? 쥐어 박혔다?

"어? 엥? 하, 할머니. 설마 교황님을 때린 거야?"

"못된 기지배가 맞을 만한 짓을 했으면 맞아야지."

"모, 못된 기지배?!"

교황님을 상대로 못된 기지배?!

그 순간, 주위에서 동요하는 게 느껴졌다.

알스하이드 국민들의 존경을 받는 우리 할머니가 전 세계의 존경을 받는 창신교의 교황을 주먹으로 쥐어박았다는 이야기를 들은 데다 철딱서니 없는 애송이 취급하는 것까지 봤으니 동요하지 않을 리 없었다.

물론 그건 나도 마찬가지였다.

심지어 디스 아저씨는 대놓고 이름으로 부른 데다, 아론 대통령은 애칭으로 부르는 게 아닌가.

"역시 말씀해주지 않으셨나 보군요."

"딱히 소문내고 다닐 만한 일도 아니잖아."

소문내고 다닐 만한 일?

그렇다면 이 이상 사태를 해명할 수 있는 중요한 비밀이 있다는 뜻이다.

그것이 대체 무엇일까.

할머니와 예카테리나 교황님의 접점을 모르겠어서 아무리 머리를 굴려도 도저히 답이 나오지 않았다.

내가 그렇게 더욱더 혼란에 빠진 순간.

"그런가요? 창신교 교황 예하의 스승쯤 되면 동네방네 소문내고 다니는 게 보통일 것 같습니다만."

아론 대통령이 그 비밀을 폭로했다.

""""스, 스승?!""""

경악한 건 나뿐만이 아니었다.

이 자리에 있는 모두가 놀라서 동시에 소리칠 정도였다.

그야 할머니가 실은 예카테리나 교황님의 스승이었다고 하니 당연한 반응이었다.

"대통령의 스승님이기도 해."

""""대, 대통령도?!""""

더더욱 혼란스러워졌다.

뭐야 그게?

영문을 모르겠어서 상황을 받아들이지 못하고 있자 디스 아저씨가 설명해주었다.

"신 군. 요전에 내가 멜리다 님의 제자였다고 한 적이 있었지?"

"으, 응. 그래서 디스 아저씨는 할머니한테 꼼짝 못하는 거라고…… 아!"

"생각났나 보군."

"그러고 보니 그때 다른 동행자들도 있었다고! 그럼 설마……."

"그래. 당시 수행 여행 중이던 신출내기 성직자 예카테리나와 행상인이었던 아론이었지. 이 둘은 내 사매와 사제다."

당시 할아버지와 할머니의 파티는 훗날 국가 원수가 되는 셋이 포함된 입단이었다는 뜻이다.

하지만 이걸로 의문점은 거의 해결되었다.

이래서 예카테리나 교황님과 아론 대통령을 아무렇지 않게 데려왔던 건가.

그건 그렇고 이 이야기를 들으니 갑자기 새로운 의문이 떠올랐다.

"일부러 할머니의 제자가 되다니…… 셋 다 마조히스트였어?"

"""아니거든?!"""

동시에 격렬하게 반박했다.

"아니, 그치만 우리 할머니잖아? 이런 마귀할멈의 제자가 되려고 할 정도면 그런 특이한 성벽을 가졌다고밖에는……."

"시, 신 군……."

"응?"

시실리가 귓속말로 날 부른 순간, 뒤에서 무시무시한 압력이 느껴졌다.

"누~가 마귀할멈이라고~?"

"으악?! 자, 잠깐! 왜 할머니인데도 이렇게 악력이 센 거야?!"

내 머리에 필살의 아이언클로가 작렬했다.

이제 거의 일흔이 다 된 노인의 악력인데도 머리가 쪼개질 것처럼 아팠다.

이윽고 할머니의 체벌이 끝난 순간, 예카테리나 교황님은 자신들이 할머니의 제자가 된 경위를 밝혔다.

"내가 스승님의 제자가 됐을 당시엔 전 세계의 모두가 동경하는 분이었거든. 그런데 설마 이런 엄격한 사람일 줄은 꿈에도 몰랐어."

"그럼 두 분 다 할아버지랑 할머니가 마인을 해치운 후에 제자가 되신 건가요?"

"맞아. 처음엔 정말 감격했었지. 진짜 영웅이 바로 눈앞에 계셨으니까."

"하긴, 내도 그랬었지."

예카테리나 교황님과 아론 대통령은 당시의 추억을 회상했다.

설마 이런 무서운 사람이었을 줄은 꿈에도 몰랐으리라.

하지만 점차 그 아련한 표정에서 하나둘씩 감정이 사라지기 시작했다.

"그때는 진짜 시도 때도 없이 머리를 쥐어 박혔지……."

"내도…… 하도 쳐맞아서 머리 형태가 바뀌는 줄 알았데이……."

3대 대국을 다스리는 두 국가 원수는 마치 죽은 물고기 같은 공허한 눈으로 중얼거렸다.

우와, 진짜 어지간히 고생했나 보다…….

"그런 분의 손자를 이용했으니 혼나는 게 당연해."

"우리도 그때는 어지간히 궁지에 몰려 있다 보니…… 카체가 처음 그 제안을 꺼냈을 땐 역시 스승님의 손자! 라고 감탄하면서 앞뒤 가릴 것 없이 실행에 옮겨 버린기라."

괴로운 과거의 추억에서 현실로 돌아온 예카테리나 교황

님과 아론 대통령은 저번 일을 반성했다.

"뭐야? 역시 너도 체벌이 필요했던 거니? 응? 애송이."

"스! 스승님! 이미 정좌시키고 설교도 하시지 않았습니까!"

"……그랬었지. 뭐, 그걸로 용서해주마."

아니, 일국의 대통령을 정좌시키고 설교까지 했다고?

알스하이드 국왕을 턱짓으로 부리고, 창신교의 교황은 머리를 쥐어박고, 엘스 대통령은 정좌라니…….

역시 이 세계의 최강은 우리 할머니였다.

참고로 아론 대통령은 체벌을 피하자 아주 노골적으로 안도의 한숨을 내쉬었다.

그 모습을 본 주위의 사람들이 이게 정말 현실인지 의심스러운 표정을 한 것도 무리는 아니리라.

아무튼 엘스 자유 상업 연합의 대통령이 마치 부모에게 혼이 난 어린애처럼 굴고 있으니 말이다.

아론 대통령은 일개 행상인에서 현재의 지위까지 성공한 입지전적인 인물이라는 평을 들은 적이 있었다.

그 과정에서 수많은 도적과 마물을 상대로 싸워 이긴 일류 전사라고도.

그런 거물이 할머니 앞에서 이런 한심한 모습을 보이고 있으니 현실 도피를 하고 싶은 기분이 드는 것도 당연했다.

"하하하. 하긴, 아론은 특히 더 고개를 못 들겠지. 아무튼 이 녀석이 대통령이 된 건 틀림없이 멜리다 님 덕분이니까."

"그게 무슨 뜻이야? 디스 아저씨."

"파티를 해산할 때 멜리다 님의 마도구 판매 권리를 받았거든."

아, 그런 거였나.

그걸 기반으로 부와 권력을 쌓아서 최종적으로는 대통령까지 됐다는 건가.

그야 고개를 못 들만도 했다.

스승이라기보단 그야말로 인생의 은인이나 다름없는 상대이니 말이다.

"예카테리나도 멜리다 님의 가르침 덕분에 이스에 돌아간 후에는 성녀로 불리게 됐고 교황까지 승진 코스를 밟게 됐지."

예카테리나 교황님도 비슷한 케이스였던 건가.

이제야 둘이 할머니 앞에선 꼼짝도 못 하는 이유가 납득이 됐다.

실제로 두 사람이 국가 원수가 된 건 할머니의 힘이 컸다.

물론 권력을 줬다는 의미가 아니라.

그런 자리까지 오를 수 있는 『실력』을 만들어줬다는 의미에서였다.

이건 이미 『도사』가 아니라 『여제』 아닌가?

오늘 알게 된 할머니의 진면목은 그만큼 굉장했다.

그리고 아까부터 할아버지는 전혀 언급되지 않았는데……

혹시 당시에도 존재감이 적었던 걸까?

아무튼.

"굉장한 파티였네. 만약 당시에 무슨 변고라도 있었다면 지금쯤 역사가 바뀌었을지도 모르겠어."

"확실히 그랬을지도 모르겠군."

디스 아저씨는 가볍게 웃어넘겼지만, 난 제법 진지하게 한 말이었다.

이미 지나간 일이라서 그런 걸까?

그러자 마침 새로운 의문이 떠올랐다.

"줄리아 아주머니."

"왜? 신 군."

그래서 디스 아저씨의 부인이자 오그의 어머니인 줄리아 왕비에게 말을 걸었다.

"파티에 젊은 여자가 있는데도 아주머니는 신경 안 쓰였어?"

당시의 디스 아저씨는 약혼자인 줄리아 아주머니를 남겨두고 할아버지와 같이 여행을 떠났다고 들었다.

그렇다는 건 약혼자가 있는 상황에서 젊은 여자와 오랫동안 침식을 함께 했다는 뜻이다.

그럼 약혼자로선 솔직히 불안할 수밖에 없었을 터.

하지만 돌아온 건 예상과 다른 대답이었다.

"아, 그건 조금도 신경 안 쓰였어."

"어째서? 그만큼 디스 아저씨를 믿었으니까?"

"이유는 그것도 있지만…… 카체?"

"왜? 줄리아 언니."

카체…… 줄리아 언니…….

이쪽도 알고 지내는 사이였나.

"그 일을 말해도 될까?"

"아…… 아니야. 내가 말할게."

"……그래."

그 일?

그리고 예카테리나 교황님은 어두운 표정으로 날 돌아보았다.

"신 군. 줄리아 언니가 나랑 디 오빠의 사이를 의심할 이유는 없었어."

……디 오빠?

"그야…… 당시의 나에겐…… 장래를 약속했던 연인이 있었으니까."

"흐응, 그랬……."

"""뭐?! 성녀님께 연인이 있었다고?!"""

"……군요?"

그 대답을 듣고 납득한 순간, 예상치 못한 방향에서 큰 목소리가 들렸다.

시선을 돌리자 세실 씨와 아돌프 씨. 그리고 앨리스의 아버지이자 월포드 상회의 대표이사인 글렌 씨가 눈에 들어왔다.

"그, 그럴 수가……. 그 청순가련한 성녀님께 연인이 있었다니…….”

“하, 하하…… 잘못 들은 거……겠지?”

“꿈이야. 이건 분명 꿈이라고…….”

그리고 뭔가 중얼거리기 시작했다.

그러고 보니 셋 다 예카테리나 교황님과는 동년배다.

혹시 당시의 아이돌 같은 존재였던 걸까?

“여보?”

“마리아도 있는 자리에서 꼴사나운 짓 좀 하지 마요.”

“아빠도 참! 내가 다 창피해!”

하지만 곧 아이린 씨와 마르티나 씨의 싸늘한 목소리와 앨리스의 화가 난 목소리를 듣고 이성이 돌아왔는지 얼굴을 붉히기 시작했다.

그중에서도 세실 씨는 다리까지 덜덜 떨고 있었다.

저쪽은 나중에 끔찍한 일이 벌어질지도…….

그런 세 가족의 모습을 본 순간, 갑자기 또 새로운 의문이 생겨났다.

“아, 하지만…….”

예카테리나 교황님은 분명 홀몸이었을 터.

그렇다면 이미 헤어진 건가? 아니면…….

“헤어진 건 아니야.”

“예?”

그러자 예카테리나 교황님이 내 다음 질문을 예상하고 먼저 대답했다.

그리고 슬픈 표정으로 이렇게 말했다.

"……그이는 예전에 죽었거든."

역시 그랬구나.

과거형으로 말해서 혹시 그렇지 않을까 싶었다.

그리고 난 후회와 죄책감에 사로잡힐 수밖에 없었다.

"죄송해요. 괴로운 기억을 떠올리시게 해서."

"괜찮아. 벌써 20년 전 일이라 다 털어버렸으니까. 그보다……."

"그보다?"

"……아니, 아무것도 아니야. 아, 맞아. 역시 교황님 말고 예카테리나 씨라고 불러주면 안 되겠니? 스승님의 손자에게 그렇게 불리는 건 솔직히 기분이 좀 이상하거든."

예카테리나 교황님이 아까부터 호칭에 집착한 건 그런 이유에서였나.

그럼 어쩔 수 없지."

"예, 그럼 뭐……."

"그럼 앞으로는 그렇게 불러주는 거다?"

"알았어요. 예카테리나 씨."

"우후후. 응, 참 잘했어요."

물론 이런 사정을 몰랐다면 절대로 부를 수 없었으리라.

예카테리나 씨는 그제야 만족스러운 얼굴로 할머니 쪽으

로 이동했다.

“자, 우울한 이야기는 이쯤하지. 생일 파티에 어두운 분위기는 어울리지 않으니 말이다.”

디스 아저씨가 그렇게 말하자 다들 미묘한 분위기를 털어내려는 듯 하나둘씩 술잔과 술병을 들기 시작했다.

……아마 다들 이 분위기에선 마시지 않고는 못 견딜 것 같았기 때문이리라.

◆

다들 술을 들기 시작할 무렵, 예카테리나는 멀린과 멜리다에게 질문했다.

“선생님, 스승님. 신 군에게는 그 일을 말씀해주시지 않은 건가요?”

선생님이라는 건 멀린을 가리키는 말이었다.

“……그 아이와는 상관없는 일이지 않느냐.”

“예? 지금 진심으로 하시는 말씀이세요?!”

예카테리나는 경악할 수밖에 없었다.

“그이는…… 슬레인은 두 분의 아들인데도요?”

그리고 두 사람의 눈을 빤히 쳐다보면서 다시 입을 열었다.

“신 군이 선생님과 스승님을 친할아버지와 친할머니처럼 여긴다는 건 보면 누구나 알 수 있어요. 하지만 두 분은 딱히 그렇지도 않으신가 보죠?"

"뭐?!"

예카테리나의 도발에 멜리다가 울컥했다.

미간을 찌푸리고 관자놀이에 힘줄을 세운 그 무시무시한 표정에 예카테리나는 내심 겁이 나고 식은땀이 흘렀지만, 한동안 시선을 피하지 않았다.

아마 이 자리에 심약한 사람이 있었다면 긴장감을 견디지 못하고 정신을 잃었을 것이다.

그만큼 심각한 분위기였다.

"자, 잠깐만요…… 두 분?"

참고로 그 사이에 낀 아론은 어쩔 줄 몰라서 허둥대고 있었다.

한동안 그렇게 눈싸움을 하던 멜리다는 한숨을 내쉬었다.

"……언젠간 말해줄 거다."

"……그런가요."

잠깐 화가 나긴 했지만, 이런 말을 들어도 어쩔 수 없는 상황인 건 사실이었다.

그래서 멜리다는 화를 거두었다.

그러자 예카테리나는 가슴을 쓸어내리며 사죄했다.

"건방진 소릴 해서 죄송해요, 스승님."

"흥. 그 애송이가 참 많이 컸네. 내가 이름만 불러도 벌벌 떨었던 주제에."

"잠깐만요! 그런 옛날 일을!"

예카테리나의 수행 시절은 바꿔 말하면 멜리다에게 처절한 지옥 훈련을 받던 시절이었다.

당시의 그녀는 무슨 일이 있을 때마다 멜리다에게 혼이 나다 보니 그냥 이름만 불러도 제 발이 저려서 덜덜 떨 정도였다.

그래선지 그만큼 세월이 많이 지났다는 것을 실감할 수 있었다.

"그에 비해 아론…… 넌 여전하구나."

"예? 전 이번엔 관계 없잖습까!"

두 여자 사이에 껴서 쩔쩔매는 아론을 본 예카테리나가 무심코 웃음을 터트렸고, 그제야 분위기가 누그러지기 시작했다.

멜리다는 그제야 감정을 완전히 풀고 입을 열었다.

"확실히 네 말대로야. 물어보질 않아서 가르쳐주지 않았다는 건…… 절대로 변명이 될 수 없겠지."

"그 심정은 저도 아플 정도로 이해해요. 하지만……."

"가족인 신에게는 말해줘야 한다는 건가……."

멀린과 멜리다에게는 아무리 친한 사이라고 해도 함부로 언급할 수 없는 괴로운 과거가 있었다.

하지만 신은 아니었다.

신은 가족이다.

피를 나누지는 않았어도 애정을 담아서 소중히 키운 손자였다.

하지만 자신들은 그런 신에게 과거의 이야기를 거의 들려주지 않았다.

굳이 자발적으로 하고 싶은 이야기도 아니었고 실제로 신이 물어보지 않은 것도 사실이었다.

하지만 어쩌면 신은 자신들을 배려해서 그랬던 걸지도 몰랐다.

자중이라는 걸 모르는 문제아이긴 해도 머리는 굉장히 좋은 아이다. 아마 두 사람의 과거에 괴로운 일이 있었다는 것을 어느 정도 눈치챘을지도 몰랐다.

"하긴, 그 아이라면 눈치챘어도 이상할 게 없겠지……."

"그러게 말일세. 가끔 뭔가 하고 싶은 말이 있는 것 같은 표정을 지을 때가 있었지. 지금 생각해보면 그건…… 우리에게 그걸 물어봐도 될지 망설였던 걸 게야."

"……나도 남 말은 못 하겠군. 참 한심한 할머니야."

"그러게 말일세……."

손자에게 마음을 쓰게 했다는 사실에 멀린과 멜리다는 절로 한숨이 나왔다.

그러자 예카테리나는 그런 둘을 위로하듯 신을 칭찬했다.

"할아버지 할머니 생각이 극진한 훌륭한 손자네요. 신 군은."

"……자중할 줄 모르는 바보지만 말이지."

"후훗."

손자 칭찬에 내심 기뻐하는 멜리다를 본 에카테리나는 자기도 모르게 흐뭇한 웃음이 나왔다.

"뭐, 이야기해준다고 해도 오늘 할 필요는 없겠지. 모처럼 경사스러운 자리에 우울한 이야기를 할 필요는 없을 테니 말이다."

멀린은 마침내 신에게 과거를 이야기해줄 결심을 했지만, 오늘은 손자와 그 친구들의 생일이었다.

즐거운 분위기를 자신들의 우울한 옛 이야기로 망치고 싶지는 않았기에 그런 결론을 내렸다.

"……예. 하지만 언젠가는 꼭 해주세요."

"그래."

"알았다."

두 사람의 확답을 듣고 그제야 만족스럽게 웃은 에카테리나는 평소에는 거의 입에 댈 기회가 없는 술을 마시려고 다른 테이블로 이동했다.

멀린과 멜리다는 그런 옛제자의 뒷모습을 감회 깊은 눈으로 바라보았다.

"……그 애송이가 어느새 저렇게 컸군."

"사람은 성장하는 동물이니 말일세. 우리도 보고 배워야겠지."

"맞아."

그런 훈훈한 분위기가 이어지는 한편.

“저기…… 저는요?”

혼자 대화에 끼지 못한 아론은 망연자실한 얼굴로 서 있을 수밖에 없었다.

◆

술이 들어가기 시작하자 주위가 한층 더 소란스러워지기 시작했다.

참고로 이 자리에 있는 모두는 메이를 제외하고 전부 음주가 가능한 성인이었다.

우리는 그나마 『이물(異物) 배제』 펜던트가 있어서 과도한 알코올은 자동으로 제거되기 때문에 심하게 취할 일은 없었지만, 다른 사람들은 난리도 아니었다.

“신 구운! 파티는 잘 즐기고 있니이~?”

“아, 예. ……덕분에요.”

“나도…… 원래 지금쯤이면 너만한 아이가 있어도 이상하지 않거든?!”

“예, 뭐. 그러시겠죠.”

특히 에카테리나 씨는 반쯤 고주망태가 된 상태였다.

평소에는 거의 입에 댈 기회가 없었다고 했으니 이렇게 마시는 건 오랜만이리라.

그래선지 아까부터 술주정이 심각했다.

주로 표적은 나였지만, 다들 멀리서 지켜보기만 할 뿐 아무도 도와주려 하지 않았다.

다들 박정해!

하지만 대부분 창신교의 신도이니 어쩔 수 없으리라.

아무리 술에 취한 상태라지만, 교황을 말리는 건 엄두가 나지 않는 듯했다.

그래서 결국 나만 희생양이 된 상태다.

제발 누가 좀 도와줬으면…….

"그이가 죽고…… 조국으로 돌아갔더니 성녀로 추대되고…… 그러다 결국 이날 이때까지 결혼도 못했다구……."

아, 진짜. 아까부터 또 왜 이렇게 우울해하는 건데.

술에 흠뻑 취한 사람에게 이래저래 말해봤자 깨고 나면 거의 기억도 못 할 테니 솔직히 그냥 내버려두고 싶었지만, 그래도 양심에 걸려서 어찌어찌 위로해주자 예카테리나가 갑자기 고개를 확 쳐들고 내 어깨를 움켜잡았다.

와, 깜짝이야!

그리고 그녀는 이렇게 선언했다.

"정했어! 신 군! 너, 오늘부터 날 엄마라고 부르렴!"

""""푸읍!""""

"어, 엄마요?!"

이 술주정뱅이가 정말!

덕분에 걱정스러운 얼굴로 이쪽을 지켜보던 사람들이 동시에 뿜었다.

엄마?

이 양반이 대체 무슨 소릴 하는 거야?

"말도 안 되는 소리하지 마세요! 대체 무슨 생각을 하시는 거예요?!"

"왜애~? 스승님의 손자라면 내 아들이 돼도 상관없잖아~?"

"그게 왜 그렇게 되는 건데요!"

아, 진짜! 역시 술주정뱅이는 말이 안 통해!

갑자기 엉뚱한 소리로 날 당황하게 한 예카테리나 씨는 이번에는 시실리로 표적을 옮겼다.

"으으…… 그럼, 시실리 양!"

"아, 예!"

교황이 지목해서 부르자 시실리는 반사적으로 차렷 자세를 취했다.

"너도~ 나 다음으로 성녀라 불리게 됐으니~ 날 어머님이라고 불러줄 거지~?"

"무, 무리예요!"

시실리도 바로 거부했다.

그야 당연했다. 아무리 우리 부모와 비슷한 연령대라고 해도 지금까지 존경했던 사람을 어떻게 갑자기 어머님이라고 부를 수 있겠는가.

하지만 예카테리나 씨는 포기하지 않고 떼를 썼다.

"그러지 말고~! 어머님이라고 불러주우……."

그러다 곧 테이블 위에 머리를 박고 정지했다.

아~ 이거 완전히 퓨즈가 끊겼구만.

주위에서 지켜보던 사람들이 놀라서 황급히 다가왔지만, 예카테리나 씨는 조용히 코를 골기 시작했다.

다들 안도의 한숨을 내쉬었지만, 안색은 왠지 어두웠다.

"……이런 교황님의 모습은 보고 싶지 않았는데."

"여러모로 스트레스가 쌓이셨던 거겠지. 국가 원수인 동시에 창신교의 교황이시기도 한 분이니까 말이다."

마리아는 복잡한 표정을 지었지만, 가까운 장래에 왕이 될 오그는 그런 예카테리나 씨를 옹호했다.

확실히 그런 중책을 하나도 아닌 두 개나 맡고 있으면 스트레스가 쌓이는 게 당연하리라.

아무래도 오늘 이 자리에 할아버지와 할머니라는 자신보다 명백한 상위의 존재가 있어서 오랜만에 긴장을 푼 게 아닐까 싶었다.

"외로워…… 슬레인……."

슬레인? 혹시 사별한 연인의 이름인가?

어쩌면 괴로운 기억을 떠올려서 더 폭주한 게 아닐까 싶었다.

그렇게 내가 복잡한 기분으로 예카테리나 씨를 지켜보고

있자 할아버지와 할머니가 다가왔다.

"후우…… 얘가 정말. 미안하구나. 이 녀석 때문에 파티가 엉망이 돼서."

그 모습은 제자라기보다 마치 딸의 실수를 사과하는 부모 같았다.

어릴 때 제자로 받아들였기 때문일까?

왠지 스승과 제자라기보다 어머니와 딸 같은 느낌이…….

아니, 내 착각이겠지.

그러자 시실리와 마리아가 필사적으로 예카테리나 씨를 옹호했다.

"아, 아뇨! 설마 교황님께서 생일을 축하해주시는 날이 올 줄은 꿈에도 몰랐는걸요!"

"맞아요! 평생의 영광인걸요!"

"영광? 이 녀석이……?"

"음냐음냐…… 후후."

조금 전까지만 해도 눈물을 글썽였는데 지금은 행복하게 웃으면서 잠든 예카테리나 씨를 본 할머니는 다시 한숨을 내쉬었다.

혹시 뭔가 행복한 꿈이라도 꾸는 걸까?

"아무튼 방에 눕혀두고 와야겠네."

할머니가 그렇게 말하자 할아버지가 예카테리나 씨를 업었다.

그 모습도 왠지 딸을 걱정하는 부모처럼 보였다.
그리고 홀을 나가려 하던 할아버지가 갑자기 이쪽을 돌아 보았다.
“허허, 그러고 보니 까맣게 잊고 있었군.”
“아, 그게 있었지.”
할아버지가 그렇게 말하자 할머니가 이공간에서 상자 두 개를 꺼냈다.
“선물을 깜빡했구나.”
어? 그러고 보니 안 받았던가?
그건 그렇고 왜 두 개지?
“하나는 마리아, 받으렴.”
“가, 감사합니다.”
마리아에게 준 선물은 머리 장식이었다.
내 선물처럼 머리카락과 관계된 물건이었다.
“그건 마도구이기도 해. 머리에 단 채로 마력을 주입하면 머리카락이 깨끗해질 거란다.”
“와아! 감사합니다, 멜리다 님! 정말 기뻐요!”
오, 그럼 더러움뿐만 아니라 각피도 제거해주는 건가?
다른 여자들이 또 부러운 시선을 보냈지만, 상대가 할머니라 그런지 나 때처럼 우르르 몰려들지는 않았다.
하지만 릴리아 씨는 눈빛이 장난 아니었다.
숭배하는 할머니에게 직접 선물을 받은 마리아가 부러워

서 견딜 수 없는 모양이었다.

옆에 있는 토니도 고개를 절레절레 젓고 있었다.

그리고 이건 내 예상이지만, 아직도 할머니와 말을 나눠 보지 못한 것 같았다.

아마 예카테리나 씨를 방에 눕히고 오면 시간이 날 테니 그때까지 참아줬으면 싶었다.

그리고 남은 상자는 하나뿐인데…… 앗!

설마 이번에는 나만 선물이 없는 건가?

"이건 너희 둘에게 주는 선물이란다."

"우리?"

"둘이요?"

다행이다, 나만 빼먹은 건 아닌 모양이다.

그건 그렇고 둘에게 주는 선물이라는 말에 나와 시실리가 의아한 얼굴로 상자를 연 순간.

"할머니, 이건……"

"와아……."

화려한 장식은 없었지만, 그래도 상당한 값어치가 있어 보이는 반지가 들어있었다.

그것도 한 쌍으로.

이건 혹시…….

"너희 둘의 결혼반지란다."

"우리가 해줄 수 있는 건 이런 것밖에 없으니 말이다."

결혼반지.

참고로 이쪽 세계에서도 왼손 약지에 결혼반지를 끼는 풍습이 있다.

그래서 시실리도 현재 왼손 약지에 약혼반지를 끼고 있었다.

언젠가 준비하긴 할 생각이었는데 설마 할아버지와 할머니에게 선물로 받게 될 줄은 전혀 예상치 못했다.

그리고 단순히 비싼 선물을 받았기 때문이 아니라 우리의 결혼을 진심으로 기대하고 있다는 증거라는 느낌이 들어서 나도 모르게 눈물이 날 것 같았다.

"할아버지…… 할머니……"

"감사드려요. 할아버님, 할머님……."

시실리도 감격했는지 눈물을 글썽였다.

"……그리고 너희 결혼식을 제발 무사히 치르게 해달라는 의미도 담겨있지."

"할머니…… 모처럼 감동했는데 그런 불길한 소리 좀 하지 마."

"아하하! 그럼 애를 침대에 좀 눕히고 올 테니 다시 파티나 즐기고 있으렴."

""""예!""""

그렇게 한차례 폭풍이 지나가고 마침내 우리는 평범한 파티를 즐길 수 있게 되었다.

◆

"후우……."

"……피곤하네요."

그 후 어른들은 돌아온 할아버지와 할머니를 중심으로 계속 술잔치를 벌였다.

도중에 아론 대통령이 할아버지와 할머니에게 울면서 평소에 쌓인 스트레스를 풀거나, 마침내 소원을 성취한 릴리아 씨가 너무 긴장한 나머지 할머니 앞에서 횡설수설하거나, 주량 대결 대회를 열거나…… 응? 이게 무슨 파티였더라?

아무튼 무척 즐거운 시간을 보내다 결국 술에 취해 잠든 어른들을 우리가 각자 방으로 날랐다.

그 후에는 자연스럽게 해산하자는 분위기가 되었고 가족이 오지 않은 사람은 집에 가고, 취해서 잠든 가족이 있는 사람은 같은 방에서 자고 가기로 했다.

그런 가운데, 나와 사실리는 알코올 기운 때문에 약간 달아오른 몸을 식히려고 발코니에 나와 있었다.

"……이상하네. 분명 우리 생일 파티였을 텐데 왜 우리가 이렇게 피곤한 거지?"

"후훗. 그래도 우리다워서 좋잖아요?"

"하하, 그건 그래."

주인공은 제쳐두고 야단법석을 피우는 건 확실히 우리다

웠다.

그러자 곧 시실리가 나를 물끄러미 바라보았다.

"왜?"

"아뇨, 15년 전 오늘 제가 첫 생일을 축하받고 있을 때 할아버님이 신 군을 구해주셨다고 생각하니…… 다시 한 번 감사한 기분이 들어서요."

"그런가. ……그건 그렇고 어쩌면 그날이 정말 내 첫 생일이었을지도? 물론 이제 와선 확인할 방법이 없지만."

농담으로 한 말이었지만, 시실리는 아니었는지 정면에서 날 끌어안고 등을 쓰다듬어주었다.

"……신 군의 진짜 아버님과 어머님도 신 군을 이렇게 해주시고 싶었을 거예요."

그리고 조용히 눈물을 흘렸다.

"시실리……."

"원래는 교황님께서도 직접 아이를 낳고 싶으셨을 거예요. 하지만 안타까운 이별을 겪어서…… 그래서 할머님의 손자인 신 군이 정말 자기 아이처럼 느껴지셨던 게 아닐까요?"

"……그런 걸까?"

"아마도요……."

"그럼 엄마라고 불러드릴 걸 그랬나."

"그건 좀……."

시실리는 쓴웃음을 짓고 날 올려다보았다.

"전 참 행복한 사람이에요. 서로를 사랑하는 부모님이 계시고, 그런 부모님 슬하에서 애정을 듬뿍 받으며 자랐으니까요. 오늘은 그런 행복이 다른 누군가에게는 당연한 게 아닐지도 모른다는 사실을 새삼스럽게 느꼈어요."

"그래……."

사랑하는 남자가 있었던 예카테리나 씨는 결국 그와 가정을 꾸리지 못했다.

내 부모님은 내가 성장하는 모습을 볼 기회도 없이 싸늘한 시신이 되고 말았다.

그렇게 생각하니 시실리가 말한 그 당연한 것들이 마치 기적적인 일처럼 느껴졌다.

"우리 아이들이 그런 슬픈 일을 겪게 해선 안 되겠지."

"후훗, 그러게요."

우리는 잠시 시선을 교환한 후 자연스럽게 입을 맞추었다.

그리고 다시 한 번 서로를 마주본 후.

"신 군을 구해주신 15년 전의 할아버님께 감사를."

"시실리를 이 세상에 낳아준 16년 전의 세실 씨와 아이린 씨에게 감사를."

우리가 지금 이 자리에 있을 수 있는 기적을 감사하며 다시 입술을 포갰다.

아까보다 깊게…… 마치 서로를 원하는 것처럼.

"시실리……."

"으음…… 하아…… 신 군……."

이날 시실리는 내 방에서 밤을 보냈다.

번외편

메이의 서프라이즈

"특별한 선물?"

"예!"

프레겔시를 방문한 며칠 후. 왕성에 있는 메이의 방에 놀러온 앨리스는 평소에 늘 신세를 지는 신에게 다른 사람들보다 특별한 선물을 주고 싶다는 메이의 상담을 받았다.

"아니, 신 군의 선물이라면 며칠 전에 사지 않았어요?"

"샀어요! 하지만 그거 말고 세상에서 단 하나뿐인 메이의 오리지널 선물도 주고 싶어요!"

프레겔시에 방문한 건 생일이 머지않은 친구들의 생일 선물을 사기 위해서였다.

그때 오빠인 아우구스트와 함께 참가했던 메이는 당연히 그 선물들을 이미 마련한 상태였다.

하지만 그건 역시 기성품.

메이는 평소에 여러모로 신세를 진 신에게 세상에서 단 하나뿐인 생일 선물을 주고 싶었다.

"그래서, 그 특별한 선물이라는 게 구체적으로 어떤 거야?"

그러자 앨리스와 함께 놀러 온 린이 질문했다.

"음~ 세상에 딱 하나뿐인 물건이라면 뭐든지 좋아요."
"말은 쉽지만……."
"그건 어려울걸. 그런 건 대부분 월포드 군이 갖고 있을 테니까."
"아으, 그렇겠네요."
전생의 지식을 구사해서 지금까지 아무도 상상하지 못한 마도구들을 개발하고 본인의 상회까지 세운 신은 판매 불가 판정을 받은 오리지널 마도구들도 잔뜩 소유하고 있었다.
메이가 앨리스와 린을 부른 무선 통신기가 바로 그 필두였다.
참고로 메이는 아직 무선 통신기를 받지 못해서 아우구스트의 통신기를 빌려 쓴 거였다.
아무튼 그런 이유로 메이가 제시한 조건은 생각보다 훨씬 더 문턱이 높았다.
"메이 공주님은 원래 어떤 선물을 생각한 거예요?"
그래서 앨리스는 좀 더 구체적인 내용을 요구했다.
"옷이든 액세서리든 뭐든 제 오리지널이요!"
하지만 곧 자신들의 착각을 깨달았다.
"아~ 결국 공주님이 직접 디자인한 선물을 주고 싶다는 거군요?"
"예! 바로 그거예요!"
"응, 그거라면 가능해."

세계에서 단 하나뿐인 물건이라는 말을 처음 들었을 때는 새로운 발명품을 개발하겠다는 이야기인 줄 알았는데 다행히 아니었다.

아무리 메이가 초등학생 때 마력을 각성한 덕분에 세간에선 천재 취급을 받는다지만, 잘 생각해보면 당연히 무리였다.

그녀의 요구는 어디까지나 선물의 디자인을 본인이 하는 것뿐.

그 사실을 알게 된 앨리스와 린은 구체적으로 어떤 걸 만들지 검토하기로 했다.

"메이 공주님은 어떤 걸로 하고 싶어요?"

"음…… 아무래도 옷이 좋을 것 같은데……."

"옷을 새로 디자인하는 건 어려워. 만들기도 어렵구."

"맞아요. 디자인은 가능하다고 쳐도 제 실력으로는 못 만들 거예요."

"그런가. 하긴 그게 문제겠네요."

메이는 직접 디자인한 옷을 선물하고 싶었지만, 그걸 실제로 만들려면 상당한 전문 지식과 실력이 필요했다. 제작만 외주를 준다고 해도 그 비용은 상당할 터.

왕녀이긴 해도 메이에게는 아직 자유롭게 쓸 수 있는 돈이 없었다.

용돈을 받아봤자 나가서 쓸 수 있는 것도 아니기 때문이다.

참고로 저번에 프레겔시에서 쇼핑할 때 쓴 건 전부 오빠인 오그가 내준 돈이었다.

"아, 우린 마물 토벌 덕분에 돈이라면 제법 있어요."

"옷가게에 발주하는 것쯤은 문제없어."

"그, 그건 안 돼요! 제 선물이니까 언니들 돈으로 사면 안 된다구요!"

이번 선물은 평소에 많은 신세를 진 것에 대한 보답이었다.

그래선지 앨리스와 린에게 금전적인 지원을 받는 건 아무래도 꺼려졌다.

"그럼 돈이 거의 들지 않는 선물이어야 하겠네요."

메이의 마음을 이해한 앨리스와 린은 제안을 거절당했는데도 개의치 않고 다시 생각에 잠겼다.

평소에는 늘 사고만 치는 인상이지만, 실제로는 알스하이드 톱클래스의 재원인 두 소녀는 금세 새로운 아이디어를 제시했다.

"부여는?"

"부여라면…… 부여마법?"

"응."

"흐에?! 그런 건 무리예요!"

"맞아. 우리도 아직 간단한 거밖에 못 쓰잖아?"

"그런 간단한 거면 돼. 셔츠 같은 거에 걸기만 하는 거니까 비용도 싸게 먹힐 테고."

"하, 하지만 신 오빠가 마법을 부여한 옷들은 진짜 굉장한 걸요. 그것보다 굉장한 건 저한텐 무리라구요……."

"맞아, 린. 갠 솔직히 이상해."

메이와 앨리스는 싼 옷에 부여 마법을 걸자는 린의 의견에 반박했다.

사실 신이 멤버들에게 준 전투복이나 메이의 요청으로 만들어준 옷에 부여된 마법들은 완전히 상식을 벗어난 수준이었다.

그야말로 세계에서 얼티밋 매지션즈에게만 허락된 유일한 옷이나 다름없는 것이다.

그러니 메이와 앨리스로선 기겁할 수밖에 없었지만, 린은 그런 둘의 오해를 정정해주었다.

"그런 실용적인 마법이 아니어도 돼."

"응? 그럼 어쩌자는 건데?"

"중요한 건 메이 공주님이 직접 마법을 부여한 옷이라는 부분이야. 그것만으로도 『세계에서 단 하나뿐인 물건』이니까 효과는 딱히 관계없어."

"아, 그렇구나! 효과야 어떻든 그거라면 확실히 『세계에서 단 하나뿐인 물건』이니까!"

"예? 예?"

그제야 린의 의도를 깨달은 앨리스가 감탄했지만, 메이는 여전히 어리둥절한 얼굴이었다.

"그럼 메이 공주님은 오늘부터 특훈을 해주셔야겠어요!"

"흐에에?!"

메이의 동의를 얻기도 전에 앞으로의 일정이 정해졌다.

◆

"그래서 날 부른 거구나~."

다음 날. 메이의 방에 새로운 손님이 찾아왔다.

신을 제외한 얼티밋 매지션즈 멤버 중에서 가장 부여마법 솜씨가 뛰어나다는 평을 받는 유리였다.

아직 부여마법을 못 쓰는 메이를 가르치기 위해서였다.

참고로 학생인 메이는 충분히 기합이 들어가 있었다.

"잘 부탁드려요, 유리 언니!"

"예~. 저도요~."

하지만 유리의 반응은 평소처럼 나긋나긋했다.

겉으로만 보면 그다지 믿음직스럽지 않지만, 이래봬도 세간에서는『도사님의 후계자』라고까지 일컬어지는 뛰어난 부여마법사다.

유리는 교육을 시작하기 전에 한 가지 질문을 했다.

"메이 공주님은~ 지금 마법을 얼마나 쓸 수 있으세요~?"

"그게…… 아직 쓸 줄 아는 게 별로 없는데요."

이런 질문을 한 건 이유가 있었다.

부여마법이라는 건 결국 자신이 쓸 수 있는『마법』을 어떤 대상에 부여하는 것이기 때문이다.

"그런가요~. 그럼 부여를 가르치기 전에 마법부터 가르쳐야겠네요~."

"마법을 배울 수 있는 건가요?!"

"글쎄요~. 과연 어디까지 가르쳐드려도 되는 걸까요?"

메이는 아직 초등학생이다.

사실 이 시점에서 마력을 각성한 것만 해도 굉장한 일이다.

거기에 다양한 마법까지 쓸 수 있게 된다면 세간의 평가가 어떻게 변할지 알 수 없었다.

아니, 애초에 왕족에게 멋대로 마법을 가르치는 것 자체가 문제일지도 몰랐다.

아무 생각 없이 무턱대고 이공간 수납 마법까지 가르쳐줘버린 신과 달리 먼저 이런 걱정을 하는 시점에서 유리는 충분히 상식이 있는 편이라 볼 수 있었다.

"그럼 오라버니한테 물어보고 올게요!"

"앗! 그건 좀……!"

메이는 앨리스가 막기 전에 방을 뛰쳐나갔다.

"아차, 전하라면 막을지도."

"그럴 법해."

"이걸 어쩌지~?"

세 사람은 불안한 눈으로 메이가 나간 문을 바라보았다.

"그래서? 메이에게 마법을 가르치겠다니, 이유가 대체 뭐지?"

잠시 후. 메이는 아우구스트의 손에 마치 고양이처럼 대롱대롱 매달린 상태로 돌아왔다.

"아읏! 놔주세요, 오라버니!"

메이가 항의하자 아우구스트는 그대로 손을 놓았다.

"냐앙!"

그러자 당연히 중력을 이기지 못하고 바닥에 엉덩방아를 찧은 메이는 냉큼 유리의 뒤에 숨어버렸다.

"어머나~?"

""왜 하필 유리?""

물론 앨리스와 린은 몸을 숨길 면적이 적기 때문이었다.

"참 나…… 잘 들어. 넌 아직 초등학생이야."

"우……."

"그 시점에서 마력을 느낄 수 있으면 우등생, 마법을 쓸 수 있다면 천재 소릴 듣는 게 보통이지."

"그런가요?"

"그리고 넌 이미 바람을 일으키는 마법과 이공간 마법도 쓸 수 있어. 그런데 거기서 더 뭘 배우겠다는 거지?"

"그, 그건……."

"응?"

"비밀이에요!"

그 반응에 울컥한 아우구스트는 메이의 양쪽 관자놀이에 주먹을 대고 빙글빙글 돌렸다.

"아얏! 아파요!"

"됐으니까 어서 실토해!"

"아, 알았다구요!"

결국 메이는 고통을 이기지 못하고 이유를 밝혔다.

"그랬군. 신에게 줄 선물 때문이었나."

"으으…… 맞아요."

메이는 아직도 아픈지 관자놀이를 누르면서 대답했다.

"뭐, 사정은 알았다. 어차피 어려운 마법은 무리일 테니 타인에게 해를 끼치지 않는 마법이라면 허락하마."

"진짜예요?! 오라버니!"

아우구스트가 허락하자 메이는 반색했다.

"그래. 하지만 한 가지 조건이 있어."

"조, 조건이요?"

메이는 그 말에 위기감을 느끼면서도 귀를 기울였다.

그러자 아우구스트는 씨익 웃으며 이렇게 말했다.

"뭐, 별것 아니야. 신에게 주기 전에 나한테 완성품을 보여주면 돼."

"오라버니한테요?"

"그래. 직접 확인해주마."

그리고 방을 나가버리자 네 사람은 안도의 한숨을 내쉬었다.

"이야~ 조마조마했어!"

"전하의 허락이 떨어진 건 의외야."

"그러게~."

하지만 메이는 여전히 불안해했다.

"왜 그러세요? 메이 공주님."

"수상해요……."

"뭐가요?"

"그치만! 우리 오라버닌 한 번 반대했던 걸 이렇게 쉽게 뒤집을 사람이 아닌걸요! 아무리 생각해도 이상해요!"

"그, 그러고 보니."

"분명 완성품에 마구 트집을 잡아서 신 오빠한테 선물하는 걸 방해할 생각일 거예요!"

아무래도 메이의 아우구스트에 대한 신뢰도는 제로에 가까운 모양이었다.

"그, 그게 꼭 그렇지만도 않을걸요~?"

"왜요? 유리 언니."

"그야~ 그럴 거면 처음부터 마법을 못 배우게 하시지 않았을까요~?"

"하긴 그래."

앨리스도 동의한 순간, 메이는 마치 뭔가를 깨달은 듯한 표정으로 외쳤다.

"혹시 부여마법을 배워서 최고로 기쁜 순간에 절망에 빠트릴 생각인 걸지도!"

역시 아우구스트를 믿을 수 없는 모양이었다.

그러자 처음에는 말도 안 된다고 생각했던 앨리스와 유리와 린도 아우구스트의 평소 행실을 떠올리고 생각을 바꾸기 시작했다.

"아니, 설마 그렇게까지……."

"하긴 전하라면~."

"충분히 가능해."

하지만 이건 어디까지나 억측이었다.

완성품을 직접 아우구스트에게 보여주지 않는 한 결과는 알 수 없었다.

그래서 일단 처음 예정대로 메이에게 새로운 마법을 가르치기 위해 평소에 훈련장으로 쓰는 황야로 이동하기로 했다.

◆

"오? 보기 드문 조합이네?"

황야에는 먼저 온 손님이 있었다.

이번에 메이가 선물을 주려는 장본인이었다.

"하윽?! 신 오빠!"

"응? 오늘은 왠지 얌전하네?"

신은 평소였다면 자신을 보자마자 달려들었을 메이가 오늘은 반대로 뒷걸음질을 치자 의아한 얼굴을 했다.

"저기, 그게, 그러니까……."

생일날까지 선물을 비밀로 하고 싶었던 메이는 당연히 쩔쩔맬 수밖에 없었다.

"오늘은 메이 공주님에게 마법을 가르쳐주려고 왔어."

"오, 그래?"

"응."

"그래서? 어떤 마법을 가르칠 건데?"

"비밀."

"엥?"

"월포드 군에게는 비밀. 나중에 알려줄 테니까 기대해."

"아, 그런 뜻이었나. 그럼 난 여기 없는 편이 나을까?"

"응. 빨리 가."

"그렇게 대놓고 말하니 좀 뻘쭘하네."

그러자 린이 대신 나서서 신을 상대했다.

마법을 가르치는 것도, 신에게 비밀인 것도 거짓말은 아니었다.

다만, 그 후에 마법을 부여하는 방법도 알려주리란 것을 말하지 않은 것뿐이었다.

"그럼 난 이만 갈게."

"아…… 미, 미안해요. 신 오빠."

"응? 아, 신경 쓰지 마. 그럼 메이, 나중에 어떤 마법을 익혔는지 보여줘."

"예!"

메이의 대답을 들은 신은 그대로 집으로 돌아갔다.

"그럼 얼른 시작하자! 응? 메이 공주님, 갑자기 왜 그러세요?"

"그, 그게…… 왠지 신 오빠를 쫓아낸 것 같은 기분이 들어서요……."

앨리스는 전혀 신경 쓰지 않았지만, 메이는 먼저 와서 훈련 중인 신을 쫓아낸 것 같아서 죄책감이 든 모양이었다.

하지만 셋은 그 말을 바로 부정했다.

"아니, 그게 아니죠! 솔직히 신 군이 훈련장에 있는 것 자체가 더 놀랍거든요?!"

"지금보다 더 대단한 마법을 만들어내려는 걸까?"

"오히려 사전에 막아서 다행이에요~."

"그, 그런가요?"

"그럼요! 애초에 지금보다 더 강해져서 어쩔 거냐구요."

"지금도 정신 나간 수준인데 그보다 더 굉장한 마법을 익힌다면……."

"멜리다 님께서 화내시는 모습이 눈에 선해~."

세 사람은 저마다 자신들의 행동에 대한 정당성을 주장했다.

덕분에 메이도 죄책감을 덜 수 있었다.

"그건 그렇고 뭐부터 가르쳐드리지?"

"간단한 걸로."

"그럼……."

유리가 직접 시연했다.

"예를 들면 이건 어때~?"

그러자 손끝에 자그마한 불꽃이 피어올랐다.

주로 촛불을 켤 때 쓰는 일상생활용 마법이었다.

"그런 걸로도 충분하다면 이건?"

이어서 앨리스가 손바닥에서 물을 뿜어냈다.

집 안에서는 급수·급탕 마도구가 있어서 거의 쓸 일이 없지만, 화단에 물을 주거나 청소할 때 편리한 마법이었다.

"그럼 이건?"

린도 경쟁심이 발동했는지 손 위에 빛덩어리를 발생시켰다.

어두운 밤길을 걸을 때 편리한 마법이었다.

하지만 앨리스는 곧 자신들의 실수를 깨달았다.

"그러고 보니 이건 메이 공주님이 신 군한테 줄 선물에 부여할 마법을 연습하는 거였지."

메이는 옷에 부여하고 싶다고 했으니 이 마법들은 셋 다 부적격이라 볼 수 있었다.

하지만 메이는 그렇게 생각하지 않은 모양이었다.

"그거예요! 그 마법으로 할래요!"

"예? 이 마법으로요?"

"예! 신 오빠한테 줄 선물로 딱이에요!"

메이는 매우 흡족해 보였지만, 세 사람은 당황할 수밖에 없었다.

"뭐, 본인이 그게 좋다면야 어쩔 수 없지만."

"예! 부탁드려요!"

결국 메이는 방금 보여준 마법 중 하나를 배우기로 했다.

아무래도 초급 마법이라 그런지 몇 번 견본을 보여주고 연습을 반복하는 사이에 금방 익혔다.

"가르치는 우리가 할 말은 아니겠지만, 역시 초등학생 때 마법을 쓸 수 있는 건 굉장한 어드밴티지 아냐?"

"메이 공주님이 부러워. 난 같은 나이에 아버지한테 마력 제어밖에 못 배웠는데."

"내가 보기엔 그것도 충분히 굉장한 것 같은데~."

앨리스와 린은 아무리 초급이라지만 고작 열 살밖에 안 되는 나이에 마법을 쓸 수 있는 메이의 재능과 환경을 부러워했다.

사실 신과 만나기도 전에 초등학생 때부터 마력제어가 가능했던 린이 할 말은 아니겠지만 말이다.

"자, 그럼 부여할 마법을 배웠으니 이번엔 직접 부여해보자!"

"예! 부탁드려요!"

"그럼 부탁할게! 유리!"

"응~. 메이 공주님, 도구에 마법을 부여하는 방법은 아시죠~?"

"예! 마력을 담아서 문자를 적는 거예요!"

"맞아요~. 그리고 그때 중요한 건……."

"부여할 마법을 확실히 이미지할 것! 이에요!"

"정답~."

물질에 마법을 부여해서 일반인도 같은 효과를 발휘할 수 있게 해주는 마도구.

하지만 그것을 만드는 방법 자체는 사실 그리 복잡하지 않았다.

마력을 담아서 효과를 얻고 싶은 현상을 『적는 것』뿐.

예를 들어서 급수 마도구라면 『차가운 물이 나온다』, 급탕 마도구라면 『뜨거운 물이 나온다』라고 적기만 하면 된다.

하지만 고작 그뿐이라면 이 세상에 『부여마법사』라는 말은 존재하지 않았을 터.

그 이유는 마도구를 만드는 본인이 해당 마법을 인식하고 제대로 쓸 수 있어야만 부여가 가능했기 때문이다.

또한 해당 마법을 쓸 수 있어도 사용하는 모습을 이미지하면서 마력을 담은 문자를 쓰는 것 자체도 따지고 보면 지극히 어려운 작업이었다.

따라서 부여마법에 재능이 있는 자와 그렇지 않은 자를 나누는 것도 마법사를 분류하는 하나의 기준이 되었다.

참고로 앨리스와 린은 아직 어려운 마법을 부여하는 건 무리였고, 유리는 자신이 쓸 수 있는 마법을 거의 다 부여마법으로 쓰는 게 가능했다.

다만, 부여마법에는 글자 수라는 제한도 존재했다.

마력을 많이 비축할 수 있는 소재, 예를 들면 마물 소재에는 그만큼 많은 글자를 적을 수 있는 식이다.

그래서 유리의 부여마법에는 부여할 수 있는 문자 수가 많아야 그만큼 강력한 마법을 부여할 수 있다는 제한이 존재했다.

하지만 신이 부여마법을 쓸 때 사용하는 언어는 『일본어』였다.

알파벳 같은 문자를 조합해서 단어로 만드는 이쪽 세계의 언어에 비해 훨씬 적은 숫자로 같은 효과를 발휘할 수 있었다.

전에 유리가 신의 부여마법은 전혀 이해할 수 없다고 했던 것도 바로 이것이 원인이었다.

"그럼~ 바로 실습으로 들어가 볼게요."

"예! 아, 그런데 뭐에 부여하는 건가요?"

"그건…… 이거예요~."

유리가 이공간에서 써낸 건 마물의 송곳니였다.

"저번 토벌 훈련 때 잡은 늑대의 송곳니예요~."

"오, 용케도 그런 걸 챙겼네."

"그때 부탁해서 송곳니만 챙겨뒀어~. 부여마법 훈련에 쓰면 안성맞춤일 것 같아서~."

"그런가. 하긴, 자기가 잡은 마물의 소재라면 돈도 안 들겠네."

"의외로 빈틈없어."

"우후훗. 자, 그럼 메이 공주님. 소재는 많이 있으니까 실패는 신경 쓰지 마시고 잔뜩 연습해보세요~."

"고마워요! 유리 언니!"

유리는 이공간에서 늑대 마물의 송곳니를 대량으로 꺼냈다.

원래는 본인이 연습용으로 챙겨둔 거지만, 이거라면 메이의 훈련에도 안성맞춤이리라.

마법 습득 자체는 수월하게 끝낸 메이였지만, 역시 부여는 어려운지 몇 번이나 실패했다.

"흐읍! 아앗! 또 실패했어!"

"역시 부여마법은 어려워."

"잠깐~ 그건 메이 공주님이 쓰시라고 꺼낸 거거든~?"

하지만 어느새 앨리스와 린도 부여마법을 훈련하기 시작했고, 자신이 준비해온 소재를 두 사람이 양해도 구하지 않고 마구 써대자 아무리 성격이 대범한 유리라도 불만을 드러낼 수밖에 없었다.

그 순간.

"성공!"

""어?""

"해냈어요! 성공이에요!"

"예?! 자, 잠깐만요! 메이 공주님! 정말로요?!"

"예!"

계속 실패만 한 자신들보다 메이가 먼저 부여마법에 성공하자 앨리스가 경악했다.

그리고 유리는 메이가 성공했다고 한 송곳니를 들고 직접 시험해보았다.

"정말로 성공하셨네요~."

"진짜?! 난 전부터 부여마법을 배웠는데도 오늘은 아직 하나도 성공 못 했는데?!"

"진짜 재능 덩어리야. 질투 나."

"하와와!"

앨리스는 조바심을 감추지 못했고 앨리스는 재능을 질투했다.

그러자 메이는 당황해서 유리의 뒤에 숨어버렸다.

"잠깐~ 언니가 돼서 이런 작은 애한테 질투하면 못쓰지~."

"그 작은 애한테 졌으니까 질투하는 거라구!"

"키는 비슷하지만."

무심코 자학 개그를 해버린 둘은 자기들이 한 말에 대미지를 입었다.

"아, 아무튼~ 목적은 달성했으니까 그만 가볼까?"

유리가 분위기를 전환하는 겸 그렇게 제안했지만, 앨리스와 린은 거부했다.

"아니! 성공할 때까지 할 거야!"

"벌써 얕보일 수는 없어."

"어? 아니, 그만 가자~."

""싫어!""

결국 이날은 앨리스와 린이 부여에 성공할 때까지 계속 훈련만 했고 메이의 늦은 귀가를 걱정한 아우구스트에게 호되게 혼이 나고 말았다.

"난 가자고 했는데~."

연대책임으로 혼이 난 유리는 눈물을 글썽이며 그렇게 탄식할 수밖에 없었다.

참고로 아이언 클로형(刑)에 처해진 메이는 한동안 자리에서 일어나지도 못했다고 한다.

◆

다음 날, 앨리스와 린은 마법을 부여할 와이셔츠를 가지고 메이의 방을 찾았다.

"메이 공주님, 이런 건 어때요?"

"와, 고맙습니다! 괜찮네요!"

"그럼 얼른 시작하자."

"예!"

메이는 어제 배운 마법을 부여하려고 한 순간, 와이셔츠가 여러 벌인 것을 눈치챘다.

"어? 전 한 벌만 살 돈을 드렸는데요."

"아, 이건 만에 하나를 대비한 여벌이니까 신경 쓰지 마."

"남으면 이쪽에서 회수할게."

“가, 감사합니다! 그럼 한 번에 성공시킬게요!”

메이는 만약 실패한다면 추가로 쓴 만큼 돈을 내기로 결심했다.

물론 마물 토벌 덕분에 지갑이 두둑한 앨리스와 린은 이 정도의 지출쯤 전혀 개의치 않았지만, 쓸 수 있는 돈이 거의 없는 메이는 반드시 한 번에 성공시키기 위해 집중력을 극한까지 끌어올렸다.

한쪽은 극도의 긴장감, 다른 한쪽은 여유만만인 기묘한 분위기 속에서 메이는 와이셔츠에 마법을 부여하기 시작했다.

그리고…….

“읏! 해냈어요! 한 번에 성공했어요!”

“오, 굉장해요!”

“역시 메이 공주님은 천재일지도.”

“에헤헤, 감사합니다!”

괜한 지출을 막은 메이는 진심으로 기뻐했다.

그러자 이번엔 남은 와이셔츠들이 신경 쓰이기 시작했다.

언뜻 봐도 남성용이라 체격이 워낙 작은 앨리스와 린이 입기에는 무리가 있어 보였기 때문이다.

“앨리스 언니, 남은 와이셔츠는 어쩌실 거예요?”

“응? 헤헤헤, 실은 이미 다 쓸 데가 있답니다.”

“신경 쓰지 마.”

“그런가요?”

"그럼요!"

사실 앨리스와 린은 남은 와이셔스를 어떤 용도로 쓸 예정을 잡아놓고 있었다.

만약 메이가 실패해서 전부 써버려도 또 사면 그만이니 와이셔츠가 남은 걸 신경 쓰는 그녀를 안심시켰다.

"그런가요. 아무튼 이걸로 신 오빠한테 줄 선물이 완성됐네요! 도와주셔서 감사합니다!"

"아뇨, 진짜 신경 쓰지 마세요! 오히려 이런 재밌는 제안을 해주셔서 감사할 정도인걸요!"

"재밌는 제안이요?"

"응. 나중에 보면 알아."

얼티밋 매지션즈의 누군가가 이 말을 들었다면 또 무슨 장난을 치려는 거냐고 의심부터 했겠지만, 메이는 거기까지 눈치채지 못했다.

무사히 선물을 완성했다는 안도감이 커서 딱히 더 캐묻지도 않았다.

"아무튼 정말 감사했습니다!"

그리고 마침 어떤 사실을 떠올렸다.

"아! 그러고 보니 선물을 완성하면 오라버니한테 보여주기로 했었죠!"

"그러고 보니 그랬네요."

"오라버니가 허락해줄까요?"

“아마 괜찮을 거야. 딱히 위험한 것도 아니니까.”

“예! 그럼 오라버니를 불러올게요!”

메이는 그렇게 말하고 방을 나갔다.

그리고 이번에는 평범하게 남매끼리 나란히 들어왔다.

“선물이 완성됐다며?”

“예, 전하. 바로 이거예요!”

“딱히 위험한 건 없어.”

“호오…… 뭐, 그건 직접 확인해봐야겠지.”

“무, 문제없어요! 이상한 물건인 것도 아닌걸요!”

메이가 그렇게 말하고 마력을 주입해서 와이셔츠에 부여한 마법을 발동한 순간, 아우구스트가 갑자기 몸을 부들부들 떨기 시작했다.

“오, 오라버니?”

“큭…… 너희들, 날 죽일 셈이냐?”

“어, 예에?!”

예상치 못한 반응에 메이는 경악할 수밖에 없었다.

어쩌면 반려될지도 모른다고 걱정했지만, 또 예상과 다른 대답이 돌아왔다.

“후우…… 좋다. 이거라면 신에게 줘도 돼.”

“예? 정말로요?”

“뭐야. 그러려고 보여준 거 아니었어?”

“그건 그렇지만…….”

그 심술궂은 아우구스트가 설마 이렇게 쉽게 허락해줄 줄은 몰랐지만, 아무튼 승락은 받았으니 괜히 신경을 건드릴 필요는 없으리라.

"그럼 이걸 신 오빠에게 선물할게요."

"그래, 그 녀석도 기뻐하겠지."

"예!"

"그럼 난 바쁘니까 이만. 아, 그리고 코너. 휴즈."

""예!""

"오늘은 일찍 집에 들어가도록."

""옛써!""

아우구스트는 어제 메이를 늦은 시간에 데려온 앨리스와 린에게 그렇게 못을 박은 후 방을 나갔다.

"후우…… 역시 이럴 땐 긴장되네."

평소에 대화할 때는 아무렇지도 않지만, 이렇게 뭔가 허락을 구할 때는 역시 긴장되는지 앨리스가 안도의 한숨을 내쉬었다.

"그래도 오라버니가 허락해줘서 다행이에요!"

"이럴 줄 알아서 괜찮다고 한 거야."

"그런가요?"

"물론."

하지만 아우구스트라면 메이의 선물을 틀림없이 허락할 거라고 예상한 린은 별로 긴장한 기색도 없었다.

"그럼 전하께서도 일찍 들어가라고 말씀하셨으니 저흰 이만 집에 갈게요."

"당일, 우리도 기대할게."

"예!"

왕녀의 상담을 무사히 성공시킨 앨리스와 린은 그대로 게이트를 열고 집으로 돌아갔다.

그리고 메이는 린이 마지막에 한 말에서 왠지 모를 위화감을 느꼈다.

"기대한다?"

이미 선물의 정체를 알고 있는 저 두 사람이 당일에 대체 뭘 기대한다는 건지 영문을 알 수 없었다.

"뭐, 아무렴 어떤가요!"

하지만 아우구스트의 허락이라는 최대의 과제를 무사히 달성한 덕분에 마음이 한결 가벼워진 메이는 그 작은 위화감을 그냥 무시하기로 했다.

◆

"린, 준비는 됐어?"

"언제든지 오케이야."

린네 집의 마법 훈련장에 도착한 앨리스와 린은 와이셔츠를 사이에 둔 채 서로를 마주보고 있었다.

명백히 뭔가를 꾸미고 있었다.

“이거면 다들 재밌어할 거야.”

“엄청 기대돼.”

그리고 서로 이마를 맞댄 채 「히히히」 하고 웃기 시작했다.

“……걔넨 또 왜 저래?”

참고로 지나가다 우연히 그 모습을 본 린의 아버지는 왠지 모를 불안감에 몸을 떨었다고 한다.

◆

신, 시실리, 마리아의 합동 생일 파티 당일.

이날은 처음부터 누구나 깜짝 놀랄 일이 벌어졌다.

엘스 자유 상업 연합국의 아론 대통령뿐만 아니라 하필이면 창신교 교황인 에카테리나까지 파티에 참석한 것이다.

심지어 이 둘은 메이의 아버지인 디세움의 지인이라는 게 아닌가.

그 사실에 충격을 받은 메이는 신에게 오리지널 선물을 줄 기회를 놓치고 말았다.

어쩔 수 없이 마지막에 주려고 했지만, 이번에는 신이 여자라면 당연히 탐을 낼 수밖에 없는 새로운 발명품을 선보였다.

물론 메이에게도 큰 충격이었고 욕심도 났지만, 그만큼 자신이 준비한 선물이 초라해보여서 풀이 죽고 말았다.

그러자 마침 앨리스와 린이 근처로 다가왔다.

"어? 메이 공주님. 아직 신 군에게 선물 안 주신 거예요?"

"앗! 앨리스 언니, 목소리가 커요!"

"뭐? 신에게 선물?"

그 목소리를 들은 마리아가 신과 시실리를 대동하고 다가왔다.

"응? 선물이라면 아까 줬잖아?"

"아, 예……."

조금 전에 참석자들이 한꺼번에 선물을 줄 때 메이 것도 받은 기억이 있는 신은 의아해했다.

그러자 어째선지 앨리스가 대신 대답했다.

"실은 메이 공주님이 너한테 줄 특별한 선물이 있대!"

"애, 앨리스 언니!"

"오, 그랬구나."

"아, 예……."

상황이 이렇게 된 이상 이젠 줄 수밖에 없으리라.

메이는 이공간에서 꺼낸 와이셔츠가 든 포장을 몸 뒤로 숨기며 신에게 말을 걸었다.

"저기, 신 오빠 늘 나한테 상냥해요."

"뭐, 넌 내 동생이나 다름없으니까."

"그리고 마법을 가르쳐주기도 하고, 외국에 데려가주기도 하고, 그밖에도 다양한 체험을 하게 해줬어요."

"하하…… 나 때문에 가끔 혼나기도 했지만 말이지."

"그, 그래도 전 기뻤어요!"

"아, 응. 그렇게 말해주니 고맙다."

"그래서 신 오빠한테는 제가 직접 만든 선물을 주고 싶었어요."

"직접 만든 선물?"

"예! 저기, 이거예요!"

그리고 내민 것은 선물용으로 포장된 꾸러미였다.

"아, 고마워! 정말 기뻐! 열어봐도 될까?"

"아, 예!"

신이 기뻐하는 얼굴을 본 메이는 그제야 불안감을 떨쳐내고 활짝 웃었다.

"이건…… 와이셔츠?"

"예! 어떤 마법을 부여한 와이셔츠예요!"

"오, 벌써 부여마법까지 쓸 수 있는 거야?"

"예! 유리 언니한테 배웠어요!"

"유리한테? 아, 그럼 전에 황야에 마법을 훈련하러 왔던 날?"

"예! 제대로 성공했어요! 어서 입어보세요, 신 오빠!"

불안을 전부 털어낸 메이는 이제 신이 자신의 선물을 입은 모습을 보고 싶어서 견딜 수가 없었다.

신도 친동생처럼 귀여워하는 이 소녀의 부탁이라면 당연

히 들어주고 싶었고, 일단 상의를 벗은 후에 지금 입고 있는 와이셔츠 위에 선물을 겹쳐 입었다.

"마법을 부여했다면 마도구라는 거지? 그럼……."

메이는 바로 부여된 마법을 발동하려는 신을 기대감 어린 눈으로 지켜보았다.

그리고 다음 순간.

"……어?"

와이셔츠가 빛나기 시작했다.

어떻게 보면 마치 신 본인에게서 후광이 비치는 것 같은 모습으로.

"이, 이건……?"

"빛나는 신 오빠! 멋있어요!"

신은 당혹스러워했지만, 메이는 무척 기뻐했다.

신을 존경하다 못 해 거의 신격화한 메이는 린의 마법을 처음 본 순간, 이거라면 웅장하게 빛나는 신을 볼 수 있을 거라는 생각에 그토록 열심히 부여마법을 익힌 것이었다.

실제로도 후광이 비치는 신의 모습을 본 본인은 무척 만족스러워했다.

하지만 그건 어디까지나 그녀뿐이었다.

"풋! 큭! 메이…… 역시 너, 날 웃겨 죽이려는 속셈이지?"

"예? 뭐가요?"

"아, 아무것도 아니…… 푸흡!"

반짝—

순진한 소녀의 마음에 상처를 줄 수도 없는 노릇이라 아우구스트를 비롯한 모두가 필사적으로 웃음이 나오려는 것을 참고 있었다.

하지만 후광이 비치는 신의 모습을 볼 때마다 다시 웃음이 치밀어 올라서 다들 아래를 보거나 얼굴을 가리는 등 웃음을 참느라 바빴다.

그런 가운데, 이런 상황을 예상한 덕분에 그나마 피해가 덜했던 앨리스와 린이 신에게 다가왔다.

"실은 우리도 같은 선물을 준비했어!"

"메이 공주님이랑 같이 부여마법을 연습했어. 그 성과를 봐줬으면 해."

"뭐?"

앨리스와 린이라는 시점에서 불길한 예감밖에 들지 않았지만, 선물이라고 한 이상 받지 않으면 실례일 테니 일단 손을 내밀었다.

"자, 자! 얼른 입어봐!"

"메이 공주님 거랑 비교해서 뭐가 더 나은지 알려줘."

"앗! 기대된다는 게 바로 이거였군요!"

메이는 그제야 며칠 전에 느낀 위화감의 정체를 깨달았다.

하지만…….

"아니, 월포드 군…… 크흡! 빛나는 월포드 군이 되는 모습을 기대한 것뿐…… 풉!"

"아, 그런가요."

아무래도 메이의 억측이었던 모양이다.

"자, 자! 얼른 발동해봐!"

"알았어. 알았다고……."

앨리스가 계속 재촉하자, 신은 마지못해 와이셔츠를 걸치고 부여된 마법을 발동했다.

"앗! 이건 또 뭐야!"

"오, 제대로 발동했어!"

그러자 곧 팔과 어깨에서 물줄기가 뿜어져 나왔다.

팔을 내리면 주위에 물이 튀어서 앞으로 내민 그 모습은 마치 물로 마술을 하는 삐에로 같았다.

"아하하하! 대성공!"

"대성공은 무슨! 물에 다 젖었잖아!"

"그럴 땐 이쪽."

"그럴 때라니……."

물을 뿜는 와이셔츠를 벗고 이번에는 린의 선물을 걸쳤다.

"마법을 발동해봐."

"어, 응…… 앗, 뜨거! 불! 부울?!"

마법을 발동한 순간, 와이셔츠 여기저기에서 작은 불씨가 튀었다.

신은 그것들이 몸에 닿자 뜨거워서 이리저리 몸을 뒤틀 수밖에 없었다.

“시, 신 군! 앗! 여, 여기요!”

그 모습을 본 시실리가 황급히 앨리스의 와이셔츠를 들고 신을 향해 물줄기를 내뿜었다.

“으, 살짝 실패했어.”

“그러게. 그래도 재밉……?!”

앨리스와 린은 장난에 성공해서 만족스러워했지만, 곧 정수리에 멜리다의 꿀밤이 작렬했다.

“요 녀석들! 누가 부여마법을 그렇게 쓰라고 했어!”

참고로 이 자리에는 앨리스의 아버지도 있었지만, 멜리다는 전혀 개의치 않았다.

부여마법을 장난에 쓴 앨리스와 린은 결국 멜리다에게 호된 설교를 듣고 말았다.

““이젠 두 번 다시 안 할게요!””

그 설교는 두 사람이 울상이 돼서 사과할 때까지 계속되었다.

“제 선물이 최고였어요!”

그 모습을 본 메이는 자신만만하게 웃으며 다시 신에게 자신의 선물을 입어달라고 부탁했다.

다시 후광이 비치는 신의 모습은 생일 파티에 참석한 모두의 복근과 표정근에 심후한 피해를 주었다.

■ 작가 후기

이 8권이 나올 때쯤이면 애니메이션이 제작 중이겠네요.

그 제작위원회 안에서 관계자분들에게 많은 질문을 받았습니다.

세계관, 문화, 마법, 생활수준, 사람들이 사는 모습 등등.

지금까지 제 머릿속에만 있었던 이미지를 처음으로 말로 표현할 수 있었습니다.

결과적으로 지금까진 제 안에서도 모호했던 이미지들이 선명해지는 케이스도 있어서 역시 이런 회의도 중요하다는 것을 실감했습니다.

신간을 낼 때마다 담당 편집자님과도 회의를 하고 있습니다만, 앞으로는 좀 더 그런 부분을 의식해서 해야 할 것 같습니다.

물론 지금까지도 회의는 진지하게 했지만, 이건 어디까지나 의식의 문제이지요.

이번에는 일러스트를 그려주신 키쿠치 선생님. 바쁘신 와중에 다른 일까지 의뢰해서 죄송했습니다. 매번 멋진 일러스트를 그려주셔서 정말 감사합니다.

그리고 이 책을 구입해주신 여러분과 인터넷 연재판을 읽어주신 여러분께 최대의 감사를. 부디 앞으로도 잘 부탁드리겠습니다.

2018년 3월 요시오카 츠요시

만화판 6권에
나온
로렌스 씨가
마인인데도
묘하게 인간다워서
왠지 맘에 드네요♪
키쿠치
세이지

■역자 후기

안녕하세요, 그리고 오랜만입니다. 역자 최승원입니다.

7권의 큰 전투에 이어서 이번엔 그때까지 있었던 크고 작은 사건들을 정리하는 권이었네요. 지금까진 언급만 됐던 율리우스, 토르, 토니의 짝들도 등장했습니다만, 상상했던 것보다 훨씬 더 개성적인 캐릭터들이었고 남편(?)들과의 케미도 훌륭해서 덕분에 즐겁게 작업할 수 있었던 것 같습니다. 앞으로의 활약이 기대되네요.

그리고 이번 권에서는 아마 독자 여러분께서도 기대하시지 않았을까 하는 '그것'으로 추정되는 장면이 나왔네요. 하지만 작가님의 절단마공 때문에 정확한 건 다음 권을 기대해볼 수밖에 없을 것 같습니다. 하지만 그건 그것대로 앞으로 주인공 커플의 염장질이 더욱더 과격해질 것 같은 예감이 들어서 살짝 불안하기도 한 복잡한 기분입니다.

그럼 아무쪼록 다음 권에서도 뵐 수 있기를 바라며 이만 짧은 후기를 마치겠습니다.

현자의 손자 8
유희연락의 영웅탄생제

초판 1쇄 발행 2020년 8월 10일

지은이_ Tsuyoshi Yoshioka
일러스트_ Seiji Kikuchi
옮긴이_ 최승원

발행인_ 신현호
편집부장_ 윤영천
편집진행_ 김기준 · 김승신 · 원현선 · 권세라 · 유재슬
편집디자인_ 양우연
국제업무_ 정아라 · 전은지
관리 · 영업_ 김민원 · 조은걸 · 조인희

펴낸곳_ (주)디앤씨미디어
등록_ 2002년 4월 25일 제20-260호
주소_ 서울시 구로구 디지털로 26길 111 JnK디지털타워 503호
전화_ 02-333-2513(대표)
팩시밀리_ 02-333-2514
이메일_ lnovelpiya@naver.com
L노벨 공식 카페_ http://cafe.naver.com/lnovel11

ISBN 979-11-278-5644-1 04830
ISBN 979-11-278-3969-7 (세트)

값 7,800원